RÉFLEXIONS

SUR

NAPOLÉON BUONAPARTE.

IMPRIMERIE DE FAIN, PLACE DE L'ODÉON.

RÉFLEXIONS

SUR

NAPOLÉON BUONAPARTE;

PRÉCÉDÉES D'UNE NOTICE

CONCERNANT LE CARACTÈRE FRANÇAIS;

Par J.-L. RIVIÈRE,

OFFICIER DE SANTÉ, OCULISTE, DENTISTE, etc.

Ne nous imaginons pas que le vrai soit victorieux dès qu'il se montre ; il l'est à la fin, mais il lui faut du temps pour soumettre les esprits.

Vie de Corneille, par FONTENELLE.

PARIS,

Chez {
DELAUNAY, Libraire, Palais-Royal, galerie de Bois.
DENTU, Libraire, Palais-Royal, galerie de Bois.
LENORMANT, Libraire, rue de Seine, n°. 8.

1814.

NOTICE

SUR LE

CARACTÈRE FRANÇAIS.

Activité inconcevable, adresse inimitable dans l'exécution, ressources toujours prêtes, courage brillant, impétuosité ou plutôt flamme qui porte le premier essor à tous les objets; le don d'agréer, de plaire, gai même dans le malheur.

Le Français est souvent entraîné par la façon de penser à la mode : il a un grand fond de légèreté. Les vains amusemens dont on l'entoure dès le berceau, contribuent beaucoup à lui donner ce caractère; modes, parures, frivoles entretiens, visites, airs, manières, homme du jour, bon ton, bonne compagnie, romans, raffinement dans la table et les équipages, guerre d'amour, bruits et clameurs d'une jeunesse tumultueuse qui prodigue sa santé, caprice d'honneur, railleries sur la vertu même qu'il pratique ; enfin, tout ce tourbillon d'atomes qui errent au hasard dans sa tête, et qui l'occupent pendant une vingtaine d'années.

Il s'affecte avec vivacité et promptitude, et quelquefois pour des choses très-frivoles ; tandis que des objets importans le touchent peu, ou n'excitent que sa plaisanterie. Il passe rapidement du plaisir à la peine, et de la peine au plaisir ; plutôt indiscret que confiant, plein d'ardeur pour les choses nouvelles, et souvent distinguant d'une manière admirable ce qui est bien d'avec ce qui est mal. En un clin d'œil il s'occupe d'ouvrages, d'anecdotes, de théâtre, de modes, de politique, de vices, de vertus, de guerres, de commerce, de procès ; ce sont autant de sujets qui exercent son intelligence et la vivacité de son caractère.

Le jeune Français est gai, vif, brillant, léger, plaisant, frivole, compatissant et généreux, toujours sensible au courage, aux sentimens d'honneur, dévoué sans borne à l'amitié, il aime le luxe; il a de la candeur, de la légèreté et des grâces : c'est l'homme aimable de sa nation. Le Français mûr, instruit et sage, qui a conservé les agrémens de sa jeunesse, est l'homme aimable et estimable de tous les pays.

Le Français est ingénu, modeste, unit la bonté à la fierté; il prête souvent aux autres les meilleures pensées, les meilleures intentions et les meilleurs sentimens que lui-même peut concevoir. Ces aimables qualités semblent tenir au sol de la France : certaines circonstances en arrêtent quelquefois l'essor; elles renaissent d'elles-mêmes. Le Français qui a beaucoup d'expérience ou beaucoup d'instruction, juge avec réserve, condamne avec lenteur.

Le Français se laisse emporter aisément à la colère, et on le fait revenir avec la même facilité à des sentimens de bonté et de compassion. Il aime mieux saisir vivement une affaire par lui-même et presque la deviner, que de se laisser instruire à fond et avec étendue; ardent, capable d'enthousiasme; profondément occupé aujourd'hui de ce qu'il oubliera demain. Son inclination le porte à secourir les personnes d'une condition basse et qui sont sans considération.

Il aime les discours assaisonnés de plaisanteries et propres à le faire rire; il prend plaisir à s'entendre louer, et souffre sans peine qu'on le raille et qu'on le critique. Il se laisse souvent plus gouverner par les mœurs que par les lois; il se montre humain, même à l'égard de ses ennemis; brave dans les combats, plus près de l'excès que de l'opiniâtreté du courage; aussi impétueux dans sa faiblesse que dans sa force. Son abord est doux, affable, franc, poli, spirituel, galant. Le Français cultive agréablement la société, l'amitié : l'équité est son guide dans les affaires. Il aime à témoigner sa confiance ; il a de la présence d'esprit, de la fermeté, de l'honneur ; il est désintéressé. Le Français, par son caractère de légèreté, penche toujours dans les affaires pour les actions courageuses sans en apprécier les raisons : très-souvent sa raison est captive de son imagination.

Il est de tous les peuples celui qui admet le plus les femmes dans les affaires.

Le caractère mobile et ardent des Français rend le choc de ses opinions très-vif ; il n'est pas rare de voir des spectateurs affectés de terreur d'une scène qui en tout autre pays n'inspirerait que de l'indifférence.

Un des grands défauts de notre nation, c'est de ramener tout à elle, jusqu'à nommer étrangers dans leur propre pays ceux qui n'ont pas bien ou son air ou ses manières ; de là vient qu'on reproche justement aux Français de ne savoir estimer les choses que par le rapport qu'elles ont avec nous et avec nos mœurs.

La légèreté du Français qui le porte à la nouveauté, développe en lui l'esprit d'invention. Il donne de l'émulation aux arts, de l'uxe et d'ornement parce qu'il aime la parure et les choses frivoles.

Le Français répand dans ses narrations un air d'élégance sur les objets qui en paraissent le moins susceptible, tant ses grâces ont un don particulier de charmer. Le Français aime à se faire des illusions : de là cet esprit enfantin qu'on lui reproche jusqu'à un âge assez avancé.

La langue française se multiplie dans les livres ; elle se fait lire chez toutes les nations : elle sert d'interprète commune à toutes les autres langues, et de signes à toutes sortes d'idées : une langue qui a été ennoblie, épurée, adoucie, et surtout fixée par le génie des écrivains, la politesse des grands, et par les conquêtes des armées, est devenue universelle et dominante.

L'esprit de société est le goût naturel des Français : c'est un mérite et un plaisir dont tous les peuples ont senti le besoin. C'est dans le sein de la France que les peuples sont venus puiser des leçons de douceur, de politesse et de modération.

La nature a donné de très-beaux sentimens de la valeur aux Français.

Le climat de la France modifie le tempérament de ses habitans de la manière la plus favorable. Il parle quelquefois en fanfaron et avec grâce de sa bravoure. « En 1515, François Ier., à Marignan, hasarde la bataille contre l'avis de ses généraux. Il tranche toutes les difficultés en disant : *Qui m'aime me suit*. C'est devenu un proverbe. Après la victoire, le connétable de Bourbon dit que l'on avait joué trop gros jeu à cette affaire, que l'on aurait pu éviter.

» Encore faut-il, mon oncle, répond François, qu'un roi tel que je suis fasse paraître au monde ce qu'il doit être : car, Dieu m'en soit témoin, que si mon armée ne m'eût voulu suivre, je les eusse plutôt combattus tout seul que de fuir devant une telle paysandaille, avec ferme espérance en Dieu, que, par la terreur de mon nom, de ma présence et de l'équité de ma cause, je les eusse fait agenouiller devant moi, et eusse fait vœu de jamais ne porter lance, si j'eusse été défait par gens de pied ». (*Mémoires du maréchal de Vielleville*).

François Ier., qui s'est fort signalé dans cette grande action, se fait armer chevalier sur le champ même de bataille par Bayard.

L'amour de la gloire fait faire aux Français les plus grands sacrifices, tant la gloire leur est naturelle.

« Après la bataille de Saint-Denis, Condé avec son armée va jusques en Lorraine au-devant des secours qui lui viennent d'Allemagne. Les troupes auxiliaires, voyant qu'on ne leur donne pas l'argent qui leur avait été promis, se disposent à reprendre

la route de leur pays. Condé, désespéré d'une
résolution qui doit entraîner la ruine de son parti,
se dépouille de tout ce qu'il a ; les seigneurs de son
armée suivent son exemple. Cette noble émulation
se communique à l'officier et au soldat. Tous, jusques aux valets, sacrifient avec joie leur argent et
leurs subsistances pour la cause commune. On parvient à rassembler tout ce qui est nécessaire pour
retenir des alliés trop intéressés ». (*De Thou*).

Il n'y a peut-être rien de plus sublime que de
voir l'honneur, la gloire et le désintéressement
réunis.

« En 1630, Toiras demande qu'on retire pour
deux cent cinquante mille livres de mauvaise mon-
noie que, durant le siége de Casal, on a bien voulu,
sur sa parole, prendre pour bonne. Le maréchal
de Schomberg, qui ne l'aime pas et qui est peut-
être jaloux de lui, répond brusquement qu'il ne
reste dans la caisse militaire que ce qu'il faut pour
payer une montre aux troupes.

» Les officiers de l'armée sont bientôt informés
de la demande de Toiras, et du refus qu'il essuye.
Ils vont trouver leur général, et le prient de payer
ce qui est dû à Casal, protestant qu'ils aiment mieux
se passer de paye, que de souffrir qu'on oblige
monsieur Toiras à manquer à la parole qu'il a
donnée ». *Mémoires de Puisségue.*

Lorsque le courage français se joint à l'esprit

national, il produit les actions les plus magnanimes.

« Jean Ribaud, de Dieppe, a été, en 1562, former des établissemens en Amérique ; ils avaient réussi. Une nation jalouse profita de l'état de faiblesse pendant la guerre de religion, et en massacra les habitans avec une férocité qui avait caractérisé la conquête du Nouveau-Monde.

» Dominique Gourgues, né au Pont-de-Marsan en Gascogne, indigné de laisser cet attentat impuni, vend son bien, construit des vaisseaux, choisit des compagnons dignes de lui, va attaquer les meurtriers dans la Floride, les pousse de poste en poste avec une valeur et une activité incroyables, les bat partout ». (*De Thou*).

Leur vivacité produit à la guerre des effets qui ont l'air de tenir de l'enchantement.

« En 1630, *Mazarin* ayant réussi, par son adresse et son activité, à rétablir la concorde entre les armées autrichienne et française, qui étaient sur le point de se charger devant Casal, les généraux de l'empereur vont faire visite aux généraux français qu'ils trouvent à table.

» *Je suis bien fâché, messieurs,* leur dit le maréchal de Schomberg, *de ce que vous ne m'avez pas averti ; je serais allé vous recevoir à l'entrée de mon camp. Nous l'avons fait exprès,* répond Picolomini, qui n'avait pas moins d'esprit que de courage; *nous voulions vous surprendre dans la paix, n'ayant pu le faire durant la guerre. Trouvez bon, monsieur, ajoute-t-il, que je vous avoue que j'ai été fort étonné en venant ici. Je n'avais jamais vu d'armée plus belle, mieux rangée et plus animée au combat que la vôtre, lorsqu'elle s'approchait hier pour forcer nos retranchemens, et je trouve aujourd'hui votre camp désert : on n'y voit que des armes en désordre et en confusion partout.*

» *Lorsque je vins d'Allemagne pour entrer au service de France,* répond Schomberg, *je fus étonné, comme vous, de cette humeur des gens du pays. Mais lorsque je fus accoutumé à leurs manières, je reconnus qu'ils sont extrêmement courageux quand il est question de combattre, et fort portés à se donner du bon temps quand ils n'ont plus d'ennemi. S'ils mettent facilement alors les armes bas, ils ne sont pas moins prompts à les reprendre au premier signal. Je veux que vous soyez témoin de ce que je dis. On va battre le tambour; et je vous réponds que l'armée sera en ordre, lorsque vous traverserez le camp à votre retour.*

» Les officiers qui entendent ce dicours montent sur-le-champ à cheval, parcourent les villages voisins, et se donnent des soins infinis pour rassembler les troupes sous leurs drapeaux. De son côté, Schomberg emploie les ressources de son esprit et l'étendue de ses connaissances pour arrêter insensiblement les généraux impériaux. Il leur fait ensuite prendre un détour qui donne encore du temps. Enfin, son adresse et la diligence de ceux qui étaient entrés dans ses vues, sont si grandes et si heureuses, que précisément dans l'instant nécessaire, l'armée se trouve dans un très-bel ordre, les officiers la pique à la main, les soldats avec leurs armes, tous ayant une contenance véritablement militaire.

» Picolomini croit être dans un enchantement. Il avoue qu'on ne peut rien voir de pareil dans l'Europe. *En vérité, monsieur*, dit-il à Schomberg, *il n'y a point de honte à être vaincu par tant de braves gens que d'habiles généraux conduisent* ». (*Vittorio Siri*).

Il est rare que la gaieté abandonne les Français, même dans les grands revers.

« En 1655, un colonel du duc de Lorraine, à la tête de sa troupe, attaque quelques Français, les bat, et laisse pour mort sur la place leur commandant, le comte, depuis duc de la Feuillade. Un parti espagnol lui reconnaît quelques mouvemens, et on le transporte à Valenciennes. Sa blessure est à la tête, et si profonde, qu'on voit la cervelle. Il demande gaiement qu'on en enveloppe une partie dans du linge, et qu'elle soit envoyée au cardinal

Mazarin, qui l'appelle ordinairement *homme sans cervelle* ». (*Mémoires de Beauveau.*)

En France, il n'y a pas jusqu'au soldat qui ne sache honorer le génie, qui ne sente son âme s'élever et se posséder en la présence d'un grand homme ou qu'il prend pour tel.

« A la bataille de Rosbach, un soldat français se defendait contre trois cavaliers : Frédéric arrive ; sa présence met fin au combat. Le roi lui dit : *Tu te crois donc invincible? Oui, sire*, dit le Français, *si j'étais sous votre commandement* ». (*Histoire de la Guerre de Sept-Ans, par un capitaine prussien.*)

« Charles XII bat en Lithuanie un corps russe. Il voit parmi les vaincus un Français nommé Bussanville ; après toutes les réponses aux questions qu'on lui fait, il ajoute : Qu'il meurt avec l'unique regret de n'avoir pas vu le roi de Suède. Charles s'étant fait connaître, Bussanville dit, avec un grand air de satisfaction : *J'ai souhaité depuis plusieurs années de suivre vos drapeaux ; mais le sort a voulu que je servisse contre un si grand prince. Dieu bénisse votre majesté, et donne à ses entreprises le succès qu'elle désire.* Il expire quelques heures après dans un village où il a été porté : on l'enterre avec de grands honneurs et aux dépens du roi ». (*Nordberg, Histoire de Charles XII.*)

C'est à cette sublime qualité du caractère français que le genéral Moreau a dû, pendant son procès, le dévouement que la gendarmerie a montré en faveur de sa cause. C'est ce même esprit qui a fait rechercher du service à l'étranger, toutes les fois que la fortune a fait éprouver des revers à nos armes, ce qui a beaucoup contribué à mettre les Français en honneur dans les différens royaumes.

A tant de grandes qualités, les militaires français joignent encore celle de sacrifier leur amour-propre au bien de la patrie.

« En 1709, il devient public à Versailles qu'il va y avoir une grande action entre l'armée de France et l'armée alliée aux ordres d'Eugène et de Marlboroug. Louis XIV, qui depuis quelques années essuie des revers accablans, paraît fort inquiet de l'événement. Boufflers, pour lui donner quelque tranquillité, offre, quoique plus ancien que Villars, d'aller servir sous lui. Sa proposition est acceptée, et il se rend au camp.

» Il y a entre les maréchaux un grand et long combat de générosité ; aucun ne veut commander, et tous deux paraissent déterminés à obéir. A la fin les choses s'arrangent comme elles doivent être arrangées pour le bien. Villars conserve l'autorité ; mais, à l'ordre, il a l'attention de donner le nom des patrons de Boufflers et de la ville qu'il a depuis

peu si bien défendue : *Louis - François* et *Lille* »
(*Mémoires du maréchal de Villars.*)

Il entre dans l'esprit français de faire des actions
généreuses uniquement pour les faire, et non pas
toujours par esprit d'intérêt, comme l'ont prétendu quelques personnes peu propres à juger les
belles qualités du caractère de la nation.

« En 1637, durant les troubles de la ligue, Barri,
gouverneur de Leucate en Languedoc, fut fait prisonnier par je ne sais quel accident, et conduit à
Narbonne, dont les ligueurs étaient les maîtres.
Ils le pressèrent vivement et inutilement de leur
livrer sa place; on le menaça à la fin de le condamner à mort, à moins qu'il n'obligeât sa femme,
demeurée à Leucate, à leur en ouvrir les portes :
il fut inébranlable. La femme, avertie du danger
de son époux, répond que si les ligueurs veulent
commettre une injustice, elle ne croit pas devoir
les arrêter par une lâcheté, et qu'elle ne rachetera
jamais la vie de son mari en livrant une forteresse,
pour la conservation de laquelle il ferait gloire de
mourir. Irrités d'une constance que des gens plus
généreux auraient admirée, les ligueurs exécutèrent
leur cruelle menace. Henri IV, qui se connaissait
en belles actions, donna le gouvernement de Leucate au fils de deux personnes comparables à ce que
l'antiquité a de plus grand ».

« Une armée espagnole forme le siége de

Leucate ; Serbellon , qui la commande , fait tenter le gouverneur par les promesses les plus magnifiques. *Que vous me connaissez mal !* répond Barri à l'envoyé , *l'honneur me sera toujours plus cher que toutes les richesses du monde, que la vie même. A Dieu ne plaise que je ne dégénère de la vertu de mon père et de ma mère , et que je ne suive pas le grand exemple de courage et de fidélité qu'ils ont laissé dans leur famille. L'un aima mieux mourir que de livrer Leucate aux ennemis de son roi , et l'autre refusa constamment de racheter par une trahison la vie d'un époux tendrement aimé. Donnerai-je pour quelques pistoles ce que ma mère n'a pas voulu donner pour une chose qu'elle estimait sans prix ? Si j'ai le malheur de ne pouvoir conserver Leucate, je conserverai du moins mon honneur et ma réputation. J'aime mieux être pauvre dans ma patrie que riche chez ses ennemis.*

» Le suborneur, voyant qu'il ne gagne rien, annonce à Barri que la place sera vigoureusement battue dès le lendemain. *Que j'aime à vous entendre parler de la sorte !* réplique le gouverneur. *Si les Espagnols m'attaquent fortement , ils me donneront occasion d'acquérir une double gloire. J'aurai résisté à leurs promesses trompeuses et à leurs vains efforts, contre une place mieux défendue qu'attaquée.*

» Barri tient parole. Il fait une résistance opiniâtre. Le duc d'Hallain vient à son secours et bat l'armée de Serbellon ». (*Bernard, Histoire de Louis XIII*).

Nous reprocherons à Napoléon d'avoir plus fait dominer chez une nation si noble, le sentiment de l'intérêt que celui de l'honneur : le premier n'est relatif qu'à l'attachement que nous avons pour nos personnes, au lieu que nous nous aimons bien moins nous-mêmes que notre honneur, pour lequel nous nous sacrifions tous les jours.

« En 1760, les Anglais remportent dans le Canada un avantage considérable sur les troupes françaises. Le capitaine Young, officier distingué parmi les vainqueurs, emporté trop loin par son courage, se trouve enfoncé dans un endroit marécageux, et y est pris par les sauvages. Ils le traînaient dans un lieu écarté pour le tuer et lui enlever sa chevelure, lorsqu'un grenadier français accourt à son secours. Ce n'est qu'après des altercations très-vives et très-opiniâtres que l'intrépide Anglais se voit hors des mains de ces barbares. Il veut alors donner à son sauveur l'unique marque de reconnaissance qui soit en son pouvoir : il lui offre sa bourse dans laquelle il y a dix guinées. Le généreux grenadier la refuse opiniâtrement, et nul

motif n'est capable de le faire changer de résolu
tion. Enfin son général, M. le chevalier de Lévi
gagné par M. Young, lui ordonne de la prendre
le grenadier s'y détermine alors, uniquement pou
ne pas gâter un trait d'humanité par un acte d
désobéissance (1) ». (*Gazette anglaise du 2 sep
tembre* 1760).

Le Français aime à s'attacher à un objet quel-
conque digne de son amour. On lui a toujours
vu l'attachement le plus tendre pour ses rois.

« Un soldat français couvert de blessures, étendu
sur le champ de bataille de Deltingen , demanda,
un moment avant d'expirer, à un officier anglais,
comment il croyait que l'affaire se terminerait;
celui-ci lui ayant répondu que les troupes anglaises
avaient remporté la victoire : *Mon pauvre roi,*
répliqua le soldat mourant , *que fera-t-il* » ?
(*Lettres d'un voyageur anglais, sur la France ,
la Suisse , l'Allemagne et l'Italie , traduit
de l'anglais de M. Moore, à Lausanne,* 1783*,
t.* 1*, p.* 4).

Les sentimens du cœur sont toujours en activité chez le Français même dans les dangers. Lorsque
l'événement de la bataille de Fontenoy, en 1745,
était encore incertain, monsieur le dauphin court,

---

(1) Il n'y a qu'une nation très-civilisée qui peut produire des soldats avec une telle grandeur d'âme.

l'épée à la main, pour se mettre à la tête de la maison du roi, qui va faire un dernier effort : on l'arrête, on lui dit que sa vie est trop précieuse. *Ce n'est pas la mienne qui est précieuse*, dit-il, *c'est celle du général le jour d'une bataille* ». (*Histoire de la guerre de* 1741).

« En 1693, à la bataille de Nervinde, dans la chaleur de l'action, le maréchal de Luxembourg, voyant revenir du combat un soldat-aux-gardes, qui avoit quitté son corps, lui demanda où il alloit. *Je vais, monseigneur,* répond-t-il en ouvrant son habit pour faire voir sa blessure, *mourir à quatre pas d'ici, ravi d'avoir exposé et perdu la vie pour mon prince, et d'avoir combattu sous un aussi digne général que vous; je puis vous assurer, à l'article de la mort où je suis, qu'il n'y a aucun de mes camarades qui ne soit pénétré du même sentiment* ». (*Furetiérana*).

Roussel, dans son *Système physique et moral de la femme*, dit que madame Helvétius ne sortait plus de chez elle, parce qu'elle craignait de passer par quelqu'endroit qui eût été le théâtre de quelque catastrophe de la révolution. Elle sortit un jour, pour aller voir une de ses filles qui était malade; elle se trouva mal en passant sur la place Louis XV.

A la suite du siége de Lyon, on vit souvent les femmes des condamnés attendre l'heure où leurs époux seraient traînés à l'échafaud ; se précipiter vers eux, s'asseoir sur le même char, les couvrir de leurs baisers, de leurs pleurs, et partager avec eux la mort.

La sensibilité du Français se remarque jusque dans les affections tendres de la jeunesse, pour les animaux qui entourent son enfance.

Un paysan pria Henri IV de lui faire voir le roi : il le mit en croupe. Interrogé comment il pourrait le distinguer d'avec ceux qui l'entouraient, Henri dit : Celui qui aura son chapeau sur la tête est le roi. Au rendez-vous le monarque, s'adressant au paysan, lui demanda : Sais-tu qui est le roi ? — Ce doit être vous ou moi. Ils avaient tous deux la tête couverte. C'est le sentiment qui donne à tous les Français un air de fraternité.

Le Français est susceptible du dévouement le plus décidé en faveur de l'amitié.

« Le duc de Bourgogne, petit-fils de Louis XV, mourut en 1761. Cet enfant, âgé de onze ans, jouant avec de ses camarades, un d'eux le renversa étourdiment : le jeune prince annonça par ses cris que sa chute avait été très-douloureuse ; mais, en voyant le repentir et le désespoir de son compagnon, il eut la force de se contenir et de garder un secret inviolable sur cet accident. Il lui survint une tumeur dont ses parens s'alarmèrent ; on pratiqua une opération chirurgicale, que le duc de

Bourgogne supporta avec beaucoup de constance. Il s'efforçait de sourire, surtout lorsque son imprudent ami était en sa présence ». (*Histoire de France pendant le dix-huitième siècle, par Charles Lacretelle*, à *Paris*, 1812. t. 4, p. 58).

Les vertus du Français se présentent sous mille formes diverses.

Le Français est audacieux dans les actions d'éclat; il joint la gaieté, ce coup d'œil vif, cette fierté irritable mais généreuse qui forment sa brillante physionomie : les émotions de la gloire lui élèvent l'âme.

« En 1527, le connétable de Bourbon prend la résolution d'aller s'emparer de Rome, vêtu de blanc, pour être, dit-il, le premier but des assiégés et la première enseigne de ses soldats, appuie lui-même une échelle contre la muraille pour commencer l'assaut, lorsqu'il reçoit un coup mortel. Dans cette extrémité, il ne perd ni le courage ni le jugement. Comme cet accident peut n'avoir pas été remarqué dans la chaleur de l'action, et qu'il pourrait, s'il devenait public, glacer l'ardeur du soldat, il ordonne froidement au capitaine Jonas, son ami, de le couvrir d'un manteau, sous lequel il expire quelques instans après. Immédiatement avant de rendre le dernier soupir, quelques-uns de ses soldats, qui passent près de l'endroit où il est, se demandent les uns aux autres s'il est vrai, comme le bruit s'en répand, qu'il a été tué ; lui-même répond : *Bourbon marche devant.* Paroles qui dans la suite deviennent proverbe ». (*Histoire de Charles-Quint*).

Le trait suivant n'inspire pas moins d'intérêt que le precédent.

« Le maréchal de Thémines, en 1625, marche vers le pays de Foix avec huit mille hommes de pied et six cents chevaux pour y faire la guerre aux calvinistes ; sept soldats, du parti huguenot, s'enferment dans une méchante maison de terre, nommée Chambonat, auprès de Carlat, et y arrêtent l'armée royale deux jours entiers. Après lui avoir tué plus de quarante hommes en diverses attaques, ils sont réduits, uniquement par le défaut de vivres, à chercher les moyens de se sauver. Un d'eux sort la nuit, et va reconnaître les environs ; il revient plein de joie d'avoir trouvé une issue, lorsque son propre frère, qui le prend pour un ennemi, lui casse la cuisse d'un coup de fusil. Malgré ce malheur, il se traîne avec courage, exhorte ses camarades à s'en aller, et leur donne les indications nécessaires. *Pour moi,* lui dit son frère, *Je ne vous quitterai pas ; puisque je suis la cause de votre malheur, je veux vivre et mourir avec vous.* Un de leurs proches parens dit la même chose, pendant que leurs compagnons s'éloignent

à regret. Ces trois hommes extraordinaires se dé-
fendent dans leur méchant poste, tuent encore
quelques catholiques ». (*Mémoires du duc de
Rohan*).

Les faits suivans nous présentent trop d'intérêt
pour ne pas les rapporter.

« En 1522, d'Herbouville commande dans Cré-
mone une garnison française. Quoique les maladies diminuent chaque jour le nombre de ses troupes, il résiste deux ans entiers aux veilles, à la faim
et aux impériaux. Ce brave homme, se voyant at-
teint d'une maladie mortelle, fait venir auprès de
son lit le faible reste de sa garnison, et lui peint
si vivement l'honneur de la constance, qu'elle jure
de se défendre jusqu'au dernier soupir. Ce serment
est si bien observé, que le chevalier Bayard, étant
venu ravitailler la place, n'y trouve que huit soldats
exténués, hors d'état de combattre, mais résolus
à périr ». (*Histoire du chevalier Bayard*).

« Le maréchal de Richelieu fit la conquête de
Mahon en 1756. Pour éviter une longue campagne, Richelieu résolut de prendre le port de Mahon d'assaut ; et dès ce moment il fut l'idole des
soldats. A la gaieté qui les animait, il voulut joindre les effets de la discipline. Les soldats étaient
portés à oublier leurs fatigues en s'enivrant. Le
maréchal leur défendit ces excès : *Je déclare*, leur
dit-il, *que celui d'entre vous qui continuera de*

s'enivrer n'aura pas l'honneur de monter à l'assaut. Jamais défense ne fut plus religieusement exécutée. Cet assaut si désiré se donna dans la nuit du 27 au 28 juin. Là où les échelles étaient insuffisantes, les soldats grimpaient sur les épaules des autres, et gravissaient le roc sous le feu de la plus formidable artillerie : tous les chefs donnaient l'exemple du courage. Cinq fortes redoutes furent emportées. Le gouverneur du fort, le général Blakney, vit qu'il ne pouvait plus résister long-temps dans la citadelle ; il demanda et obtint la capitulation. Le maréchal de Richelieu consentit à faire transporter la garnison anglaise à Gibraltar, le 28 juin 1756 ». (*Histoire de France, par Ch. Lacretelle*).

« En 1709, à la bataille de Malplaquet, où Eugène et Villars, les généraux en chef des deux armées, furent blessés, les soldats français qui venaient de recevoir le pain dont ils avaient manqué un jour entier, le jetèrent pour courir plus légèrement au combat. (*Dumont, Histoire militaire du prince Eugène*) ».

Les femmes ne sont pas moins capables que les hommes d'élévation d'âme dans les situations les plus pénibles et les dangers les plus grands.

« Madame Roland fut conduite au supplice avec un homme recommandable, qui montrait quelqu'affaissement. Elle s'occupait à ranimer son courage, et même à faire naître un sourire sur ses lèvres. Elle eut la générosité de renoncer pour lui à la faveur qui lui avait été accordée, de monter la première à l'échafaud. Son compagnon refusa d'abord ce sublime témoignage d'une âme compatissante. Pouvez-vous, lui dit-elle avec gaieté, refuser à une femme sa dernière requête? Elle l'obtint. En voyant une colossale et effrayante statue de la liberté, placée près de l'instrument de mort, elle s'écria : *O liberté! que de crimes on commet en ton nom* »! (*Histoire de France, par Ch. Lacretelle*).

C'étaient des passions privées qui, sous les noms retentissans de philosophie, d'humanité, commettaient ces assassinats publics. Les jacobins flattaient le peuple et l'étourdissaient sur leurs crimes. Le peuple ne peut examiner les opinions régnantes qu'il adopte; un petit parti qui en terrasse un autre pour ses principes contraires, parvient sans éprouver d'obstacle à faire recevoir ses volontés, parce que le peuple n'a aucun attachement pour ce qu'il ne comprend pas.

Dans tous les états, il y a des hommes que les passions abrutissent, d'autres que leur ignorance et l'indigence rendent les instrumens féroces de qui veut les agiter.

Dans presque tous les pays civilisés, les personnes dont l'entendement n'est point développé par l'étude des sciences, par les connaissances du droit, de l'économie politique, etc. (excepté pour quelques cas rares), sont retenues loin des affaires du gouvernement.

La jalousie des villes voisines de Lyon, l'ignorance et le fanatisme des campagnes, armèrent autrefois beaucoup d'individus contre la seconde ville de France. (Des paysans des frontières de l'Italie disaient qu'ils allaient à la guerre pour rapporter chez eux des petits horlóges, c'est-à-dire, des montres.)

Au siége de Lyon, des femmes s'exposèrent avec les hommes sur la brèche, d'autres proposèrent que le pain de froment ou de seigle fût réservé aux combattans; les femmes, les enfans, les vieillards, ne reçurent qu'une portion d'une demi-livre d'avoine par jour.

La valeur est si naturelle aux Français, que la vue d'un champ de bataille les excite au plus haut degré. Pendant la révolution, où le système de Roberspierre, si peu propre à exciter le courage national, avait tout étouffé, on a vu des régimens républicains en Souabe, près de Stokach, faire battre encore l'assemblée lorsque de compagnies entières il ne restait pas dix hommes.

Napoléon n'a parlé que d'ambition et de dévouement à sa personne; il n'a pas su s'adresser au cœur des Français : aussi sous son règne avons-nous vu peu d'actions magnanimes (en raison des rencontres fréquentes), qui commandent à tous, amis comme ennemis, l'admiration; sous le commandement de Napoléon, nos troupes ont été immolées; la vue des drapeaux a toujours inspiré la fidélité aux Français.

Napoléon, par son pernicieux exemple, corrompait la nation; l'égoïsme qu'il a introduit parmi nous infecte presque toutes les classes de la société : malgré ses tentatives, il n'a pu séduire pour des actions honteuses nos militaires, toujours fidèles au sentiment de l'honneur, inséparable du courage français; ses fusillades nocturnes se faisaient par des étrangers.

Il y a des personnes semblables à Napoléon qui calomnient les Français ; ces gens sûrement se croient plus éclairés que toute la nation. D'autres prétendent que nous n'avons aucun mérite pour les ouvrages de récréation ; que les Anglais excellent pour écrire les romans, la seule partie de la littérature que quelquefois elles connaissent, et que les Français n'y entendent rien ; partout à l'étranger nos romans sont les plus recherchés.

Schiller, un des plus beaux génies qui aient paru, a tiré de notre histoire une grande partie des sujets de ses tragédies. La pucelle d'Orléans a fourni celui d'une de ses plus belles pièces (1); à Voltaire, elle a servi d'élément à un poëme de prostitution : comme si les plus belles actions des femmes devaient être vouées au ridicule.

---

(1) Des amateurs de théâtre ont fait jusqu'à cent lieues pour voir jouer cette pièce à Berlin.

~~~~~~

RÉFLEXIONS

SUR

NAPOLÉON BUONAPARTE.

———

Napoléon a la taille petite, médiocrement d'embonpoint, les os forts et saillans, les muscles prononcés; mais d'une apparence grêle, les formes durement exprimées, la peau d'un brun inclinant vers le jaune, la tête grosse, les cheveux d'un noir de jais, les yeux étincelans, le coup d'œil rapide, une activité infatigable, les mouvemens de l'âme brusques et faciles à émouvoir, un besoin dévorant d'émotions fortes qui le rendait hardi dans la conception d'un projet, ainsi que pour vaincre les obstacles qu'il aimait à rencontrer : de là, cette soif inextinguible de braver le danger pour le surmonter, surtout s'il pensait qu'en cédant il compromettait son amour-propre; il avait le caractère ferme et inflexible, ce qui le rendait d'une obstination insurmontable; recevant et combinant avec promptitude beaucoup d'impressions diverses, à chaque instant il était entraîné par le torrent de son imagination ou de ses désirs ardens. De grands travaux, de grandes erreurs, de grandes fautes, de grands crimes, voilà à quoi était destiné cet homme dissimulé. Il voulait tout emporter par la force, la violence et l'impétuosité : la vivacité de son esprit qui s'est promené sans cesse d'objets en objets, de plans en plans, ne lui a guère permis d'exécuter avec patience et dans le détail ce qu'il avait conçu avec audace et avec ensemble; sa vie était un état habituel de passion, ce qu'il a rebuté avec dégoût, il l'avait embrassé la veille avec transport.

La vigueur qu'il mit dans les actions qui signalèrent le commencement de son règne, ses succès à la guerre, l'armée organisée sur un si grand développement, les administrations mieux soignées, la dette de l'état et les salariés du gouvernement mieux payés ; des grand travaux exécutés avec beaucoup d'activité, consacrés en partie à l'utilité publique, en même temps qu'aux embellissemens de Paris, propres à transmettre son souvenir à la postérité, la facilité que l'on avait d'avancer rapidement dans l'état militaire, le grand nombre d'employés dont il avait surchargé l'état, ceux qu'exigeaient ses vastes conquêtes, la volonté de son jugement indépendante de toute affection personnelle pour qui que ce fût, lui firent beaucoup de partisans.

Napoléon eut les facultés intellectuelles déve-
loppées de bonne heure, parce que de bonne heure
l'ambition l'occupait. L'ambitieux étudie tous les
moyens de parvenir ; il paraît avoir plus de talens,
plus de pénétration, plus d'invention, plus de jugement, plus d'industrie, quelquefois plus de présence d'esprit que celui qui aurait ou qui possé-
derait mieux ces qualités s'il les exerçait, mais
qu'aucune cause n'aiguillonne.

Il était très-susceptible ; ce qui le rendait iras-
cible, fougueux ; il s'emportait pour la moindre
cause. Ses grands crimes ont fait disparaître depuis
long-temps, chez beaucoup de personnes, l'admiration qu'elles ont eue pour quelques-unes de ces
qualités.

Il était sans cesse occupé à exciter l'attention
des hommes, il faisait élever des monumens consacrés à son ostentation : ils portent l'empreinte d'un
orgueil outré et qui se fait remarquer jusque dans
les plus petits détails ; heureux que parmi le grand
nombre de ces monumens et de ces projets, d'après
son système de gloire, plusieurs sont utiles au public. Sa vanité le suivait partout : il a daté des décrets de Moskou, pour rappeler sa présence en
Russie ; un sot orgueil s'est fait remarquer dans un
grand nombre d'affaires d'état.

Il ne mettait aucun choix dans les moyens dont
il se servait, s'imaginant avoir trouvé le chemin de

la vraie gloire dans les horreurs de la guerre et de la destruction de l'espèce humaine.

Napoléon, revenant de la campagne de Prusse en 1807, a dit au prince héréditaire de Saxe encore enfant : « L'art de la guerre doit faire aujourd'hui la principale étude d'un prince ; un esprit belliqueux est la plus brillante qualité qu'il puisse posséder (1) ». Le fond de ses maximes était un principe exterminateur pour soumettre le monde à sa domination.

Ce principe de Napoléon se fait remarquer dans les hommes qui ne sont que guerriers ou qui n'ont d'autre passion que la guerre ; ils ne reconnaissent d'autre titre que la force. On lit dans l'histoire de la vie du duc d'Albe, que Philippe II étant occupé à s'instruire des droits qu'il avait dans les différentes provinces de sa domination, il demanda au duc d'Albe, qui le trouva un jour livré à cette respectable occupation, ce qu'il pensait de la multitude d'écritures dont il le voyait entouré. Ce général répondit conformément à son état et à son caractère : *Sire*, dit-il, *les grands monarques ont plus besoin de canons que de papiers.* En 1568, les habitans des Pays-Bas, aigris de ce qu'on attentait continuellement à leur liberté, et de ce

---

(1) Voyez les gazettes de Dresde, d'Augsbourg et de Munich de ce temps.

qu'on voulait gêner leurs opinions, paraissaient disposés à prendre les armes : Philippe II, roi d'Espagne, envoya le duc d'Albe pour les contenir. Ce choix annonçait les plus grands malheurs; don Carlos, fils de Philippe, en était si persuadé, qu'il dit en colère, et le poignard à la main, à ce général : *Je te porterai le fer dans le sein, plutôt que de souffrir que tu ailles, comme un ennemi, ruiner des provinces qui me sont si chères.* Il se jeta en même temps sur le duc, qui ne parvint que difficilement à sauver ses jours.

Les amis de l'humanité ont toujours détesté les guerriers féroces. Les rois belliqueux et philosophes ont regardé la guerre comme un grand malheur pour les peuples. On louait les grands progrès de Gustave Adolphe en Allemagne, et on soutenait en sa présence que sa valeur, ses grands desseins et ses hauts faits d'armes étaient les ouvrages les plus accomplis de la providence qui furent jamais; que sans lui la maison d'Autriche s'acheminait à la monarchie universelle et à la destruction de la religion des protestans; qu'il paraissait bien, par les miracles de sa vie, que Dieu l'avait fait naître pour le salut des hommes; et que cette grandeur démesurée de son courage était un présent de sa toute-puissance, et un effet visible de sa bonté infinie. « Dites plutôt,

repartit le roi, que c'est une marque de sa colère.
Si la guerre que je fais est un remède, il est plus
insupportable que vos maux. Dieu ne s'éloigne
jamais de la médiocrité pour passer aux choses
extrêmes, sans châtier quelqu'un ; c'est une preuve
de son amour envers les peuples quand il donne
aux rois des âmes sans passion. Celui qui n'a point
d'élévation excessive ne pense qu'à des desseins
conformes à la saine raison : la gloire et l'ambition
le laissent en repos. S'il s'applique à ses affaires,
ses états en deviennent plus heureux : et s'il se
décharge de ces soins sur quelqu'un de ses sujets
à qui il fait part de son autorité, le pis qu'il peut
en arriver, c'est qu'il fait sa fortune aux dépens de
son peuple, qu'il impose quelques subsides pour
en tirer de l'argent et pour avancer ses amis, et
qu'il fait gronder ses égaux, qui ont peine à souffrir son pouvoir. Mais ces maux sont bien légers,
et ne peuvent être d'aucune considération, si on
les compare à ceux que produisent les caprices
d'un roi que l'on appelle grand. Cette passion
extrême qu'il a pour la gloire, lui faisant perdre
tout repos, l'oblige nécessairement à l'ôter à ses
sujets ; il ne peut souffrir d'égaux dans le monde :
il tient pour ennemis ceux qui ne peuvent être ses
vassaux ; c'est un torrent qui désole les lieux où il
passe ; un tel souverain porte ses armes aussi loin
que ses espérances, il remplit le monde de terreur,

de misère et de confusion. (*Callière*, *Fortune des gens de qualité*) ».

Le sentiment du vrai et du juste était étranger à Napoléon : comment la vérité aurait-elle fait pour approcher de cet homme affecté de si violentes passions? Son gouvernement publiait des mensonges ; tout devenait obscur par l'exagération ; on plaisantait sur les inquiétudes publiques ; on se moquait des douleurs ; on méprisait la manière de sentir et de penser.

Le jour de la bataille du 30 mars 1814, un gouvernement sans pudeur nous trompait encore ; on nous disait que Napoléon arrivait victorieux à telle heure ; qu'il n'y avait que quatorze mille hommes de l'armée des coalisés ; des gardes nationaux sortirent, disant que quatorze mille hommes ne devaient pas prendre Paris : voilà comme des pères de famille furent sacrifiés.

Buonaparte surchargeait les contributions de centimes additionnels ; il voulait que, dans son administration, on ne connût que les résultats, et qu'on ne s'embarrassât jamais des moyens.

Il s'était arrogé la liberté de disposer des trésors de l'état ; il ne connaissait aucune borne à sa dépense, parce qu'il n'en mettait point à son ambition et à l'amour de lui-même.

Pour réussir, il a employé la finesse, la ruse, le mensonge, la perfidie, les moyens les plus hon-

teux ; il donnait des paroles qu'il était résolu d
ne point garder ; faisait des promesses qu'il aurai
été bien fâché de tenir. Se croyant habile à pro
portion de ce qu'il était perfide, il mettait sa gloire
à tromper tous ceux avec qui il traitait. Il affichait
un souverain mépris pour toute l'espèce humaine :
c'était d'après ses qualités qu'il jugeait les Français
qu'il dédaignait, qu'il méprisait souverainement, et
qui ne semblaient plus vivre que pour servir d'instrumens à ses passions.

Sa maxime est que les hommes ne font rien que
par intérêt, et que la probité même n'est qu'un
calcul.

Il disait que l'histoire était l'objet de ses méditations pour porter des jugemens sûrs : c'est par
l'histoire que nous lui répondrons pour défendre
victorieusement l'honneur français.

« En 1710, lorsque Louis XIV apprit l'événement de la journée de Villaviciosa, où une armée, vaincue jusqu'alors, venait de vaincre, parce
qu'elle avait été menée au combat par Vendôme :
Voilà, dit-il, *ce que c'est qu'un homme de
plus.*

» Ce grand prince écrivit sur-le-champ au général victorieux, une lettre remplie des expressions
les plus honorables. Un officier considérable eut la
faiblesse de dire que des services aussi importans
devaient être récompensés d'une autre manière.

Vous vous trompez, répliqua vivement Vendôme ; *les hommes comme moi ne se payent qu'en paroles et en papiers* ». (*Réflexions militaires de Santa Cruz*).

Il nous serait facile de multiplier ces exemples.

La marche qu'il avait fait prendre à l'instruction inspirait aux enfans l'obéissance au souverain et le mépris des vertus domestiques et libérales.

« Voulait-on donner une éducation à un enfant, dit M. Châteaubriant, il fallait compter cent huit francs à l'université ; plus une redevance sur la pension donnée au maître.

» Peu de gens, par l'impôt qu'il avait mis sur l'enseignement, pouvaient faire suivre des études à leurs fils.

» L'autorité paternelle était traitée d'abus et de préjugé : les enfans qui n'obéissaient plus à leurs parens devenaient paresseux, vagabonds et débauchés, en attendant le jour où ils allaient piller et égorger le monde ».

Pourquoi ces exercices militaires ? pourquoi cet appareil bruyant vient-il effaroucher les écoliers ? pourquoi mêler le tumulte des camps à la retraite paisible des études ? Ornez l'esprit, formez le cœur de la jeunesse que les pères de famille ont confiée ; rendez des enfans dont vous aurez perfectionné le caractère et les mœurs, et non pas des soldats qu'ils ne demandent point : voilà ce qu'on

aurait pu dire à l'université de Napoléon, san
danger.

Il avait érigé une librairie qui mettait les impôt
les plus bizarres et les plus vexatoires sur les livre
nouveaux; elle avait établi un droit par ligne su
les citations tirées des anciens ouvrages, et de
droits sur les livres de science et autres que l'on
envoyait de l'étranger en France. Il n'y a toujour
eu qu'un petit nombre de savans qui ont pu se pro-
curer ces derniers écrits : c'était donc un obstacle
aux lumières qui illustrent les nations.

Les dédains de Napoléon lui attiraient de plus
en plus la haine publique. Pendant le cours des
événemens qui ont menacé la France du dernier
péril, il s'est montré fier, tyrannique et brutal envers la représentation nationale. Il a placé au corps
législatif un président inconstitutionnel : il n'a
voulu écouter que ce qui flattait ses passions.

C'est à son retour de la campagne de Prusse
qu'il résolut de jeter et de fomenter la discorde
parmi la famille royale d'Espagne, par les intrigues
de son ambassadeur auprès de cette cour. L'œil n'a
pu suivre que faiblement ses bassesses dans les pro-
fondeurs les plus ténébreuses, où son ambition
l'a entraîné pour détrôner cette famille, qui avait
acheté son amitié par de si grands sacrifices : rien
ne lui coûtait en intrigues, en forfaits pour surprendre, pour renverser les légitimes souverains,

pour se mettre à leur place: n'importe les moyens ou les crimes, pourvu qu'il arrivât à son but.

Un roi souverain, indépendant de toute puissance étrangère, avait formé avec la France une alliance contre l'Angleterre. La marine espagnole était aux ordres de Napoléon et supportait le poids de ses batailles navales, ainsi que la fleur de l'armée de terre commandée par le général Laromana, qui avait été envoyée en Allemagne pour contribuer à la chute de la Russie, de la Prusse et de l'Autriche. En l'absence de ces défenseurs naturels de leur patrie, une armée française est envoyée en Espagne sous le prétexte spécieux d'occuper les ports du Portugal et d'assiéger Gibraltar; mais ces troupes ont à peine pénétré en Espagne, qu'elles s'emparent des forteresses de ce royaume, et Napoléon prétend traiter comme rebelles les Espagnols qui lui résistent. Il attire le père et le fils à Bayonne, sous prétexte d'interposer sa puissante médiation et décider entr'eux. Il ne décide pas entr'eux, mais il les fait tous deux prisonniers et les envoie dans l'intérieur de la France. D'après un abandon supposé de leurs droits, il place leur couronne sur la tête de son frère, pour qu'il ait à la tenir de lui comme seigneur suzerain.

M. Esquerdo, qui accompagnait le prince Mascareno à Paris, en qualité de secrétaire de légation, a dit que Napoléon méditait depuis long-temps le détrônement de cette famille ; que ce projet fut d'abord communiqué au ministre d'Espagne à Paris, le chevalier d'*Azara*, qui, *sans hésiter*, refusa de rien entreprendre à ce sujet: Vingt-quatre heures après, M. *Azara* dit-on, fut empoisonné avant de pouvoir communiquer à sa cour ce que Napoléon lui avait fait entendre.

Non-seulement il sacrifiait des millions, des générations entières pour faire réussir ses plans ; mais l'assassinat était un moyen que sa politique savait employer. Il est bien étonnant que dans le procès de Moreau, le capitaine anglais Wrigs et Pichegru se soient suicidés.

Après qu'en Espagne il a fait assassiner, brûler, détruire, dévaster les villages, les villes et les provinces, et qu'il a ruiné les habitans, il a dit au peuple espagnol que *les rebelles et les intrigues de l'Angleterre en étaient la cause, et qu'ils devaient lui rendre grâce du bonheur dont il les faisait jouir.*

Voyez dans le *Moniteur* du 14 mars 1809, le discours de l'évêque de Saragosse, après la reddition de cette ville.

L'Europe a été inondée des flots d'un sang innocent que la tyrannie a fait couler ; chaque triomphe coûtait le sang des hommes pour défendre la grandeur de sa race. Étranger à tous les sentimens de la nature et à tous ceux qui caractérisent les âmes bien nées, empereur il n'a vécu, il n'a existé que pour détruire.

Napoléon a reproché au monarque détrôné, Charles IV, dans une adresse aux Espagnols, qui a paru quelque temps avant sa renonciation à l'empire, de n'avoir pas essayé de sauver la vie de son cousin Louis XVI : lui, Napoléon, qui a assassiné le duc d'Enghien !

Le 28 décembre 1793, le ministre du roi d'Espagne a fait passer à la convention, par l'entremise des affaires étrangères, la déclaration de la neutralité de sa cour entre les deux peuples, et il ajoute à sa note :

« C'est par la manière dont la nation française en *usera envers Louis et sa famille*, qu'elle prouvera à tous les gouvernemens quel est le degré de confiance qu'on doit attacher à ses promesses. Ce grand procès ne peut être regardé comme étranger au roi d'Espagne, et S. M. C. ne peut être accusée de vouloir se mêler des affaires intérieures de l'état, lorsqu'elle vient faire entendre sa voix en faveur d'un parent, d'un allié, d'un prince malheureux et chef de la famille ».

Le 15 janvier 1793, Barère a dit à la convention : *La cour d'Espagne promet, si l'on accorde un sursis à Louis, de reconnaître la république, et de se rendre médiatrice entre la France et les autres puissances.*

Lorsque tous les membres ont prononcé sur cette question : *Quelle peine sera infligée à Louis ?*

Vergniaud prend le fauteuil et dit : « Je trouve sur le bureau une lettre du ministre des affaires étrangères, à laquelle est jointe une dépêche officielle de la cour d'Espagne ».

Couthon, Danton, Gensonné, Carra, Robespierre font passer à l'ordre du jour sur la dépêche, qui était une lettre du chevalier d'Ocaria, chargé des affaires d'Espagne auprès de la France, où il dit que, Si l'on voulait suspendre le jugement de Louis, il expedierait sur-le-champ un courrier à sa cour, pour solliciter sa médiation armée entre les puissances belligérantes, et se flattait du succès de cette démarche.

J'ai rapporté ces faits pour faire voir combien la calomnie de Napoléon était horrible.

Il a fait exercer des violences sur Charles IV, son prisonnier, pour lui faire signer une proclamation, où il était défendu aux Espagnols, *sous peine de mort*, de se défendre contre les Français. Les passions de l'ambition et de la haine ne raisonnent pas ; elles commandent : lorsqu'elles sont accompagnées de la puissance, on doit les craindre comme la foudre.

Après avoir dépouillé de ses états la reine d'Étrurie, il l'a fait enfermer, elle et son fils, sans aucune formalité judiciaire, par son seul pouvoir arbitraire, qui retenait les peuples dans la stupeur, les princes dans l'épouvante, et faisait gémir les honnêtes gens. Sa justice pour ses intérêts ressemblait en tout à celle de Robespierre; elle la surpassait quelquefois en cruauté, puisqu'il nommait des commissions à huis clos pour des personnes dont il ne pouvait se défaire qu'en offensant non-seulement la justice, mais aussi l'opinion de ceux qui ne reconnaissent d'autre loi que celle de la force, qui dit : Défends-toi; il me plaît de t'attaquer; celui qui a quelque confiance dans ses forces et quelque élévation dans l'âme ne surprend point son adversaire endormi. Il envoyait un acte d'accusation avec une instruction, pour les juges qui n'osaient s'en écarter sans compromettre leurs places et même leur existence.

Amis, parens, tous ceux qui fixaient l'opinion publique étaient ses ennemis. Lorsqu'il s'agissait de seconder ses projets ambitieux, la religion, la justice, la nature, l'honneur, l'amour de la patrie, l'humanité, tous les plus nobles sentimens, il les foulait aux pieds; il régnait par le mensonge, l'impiété et l'épouvante. Il a cherché à imposer par le faste; il prenait des leçons de Talma pour avoir un air majestueux sous le manteau impérial qui fît prosterner les âmes devant sa personne : triste ressource d'un prince, lorsque sa vertu ne suffit pas pour attirer l'admiration. Il affectait toutes les attitudes ; il avait tout l'orgueil d'un parvenu que la fortune a étourdi de ses faveurs.

. Dès que Napoléon s'est fait déclarer empereur, ses desseins ont été d'employer le pouvoir colossal que la révolution avait réuni dans les mains du chef de la France, à dicter la loi à tous les souverains et à tous les potentats de l'Europe ; de réduire l'un après l'autre ceux qu'il n'avaient pas supprimés, en vassaux, et de les détruire ensuite sur les prétextes qu'enfanterait son imagination ; d'établir sur les ruines des monarchies, des monarchies subordonnées, à la tête desquelles il plaçait les membres de sa famille, ou des maîtres de son choix qui obéissaient à ses moindres volontés, et qu'il pouvait changer selon ses caprices, afin d'établir une nouvelle dynastie qui gouvernât non-seulement la France, mais l'Europe et par la suite le monde.

Il transférait les sujets d'un prince à un autre, par manière d'équivalent, et sous prétexte de convenance et d'arrangement mutuel. Il ne prenait en aucune considération les habitudes des peuples, leur caractère, leur haine depuis plusieurs siècles contre celui dont ils devaient faire partie, et l'attachement qu'ils avaient pour leur forme de gouvernement, sans lequel nulle nation ne peut subsister. En réunissant un si grand nombre de pays à la

France, il l'exposait dans des temps de calamités à des guerres civiles qui sapent la base de tout gouvernement et l'existence de tout royaume, surtout lorsque les chefs de l'état sont divisés, et que l'esprit de conquête met les armes à la main aux puissances voisines. Roberspierre était le fléau de la France; Napoléon celui de l'Europe, et aurait pu devenir celui de l'univers.

Ses discours prouvent qu'il s'aimait sans bornes et sans mesure; il rapporte tout à soi; il se désire toutes sortes d'honneurs, de plaisirs; il se fait le centre de tout; il voulait dominer sur tout, et que toutes les créatures ne fussent occupées qu'à le contenter, à le louer, à l'admirer. Il s'est glorifié d'avoir des rois dans ses antichambres. C'était pour satisfaire son orgueil en 1810, après sa campagne d'Autriche, qu'il fit venir à Paris treize à quatorze têtes couronnées, y compris plusieurs grands-ducs d'Allemagne. Il s'est montré semblable à ces aventuriers qui se croient nés pour faire du bruit dans le monde. Cette disposition tyrannique étant empreinte dans le fond de son cœur, le rendait violent, inquiet, cruel, ambitieux, envieux, insolent, querelleur.

Pendant son dernier séjour à Dresde, pour éviter de lui faire des questions, on avait pris le parti de diviser en quatre le service de bouche de sa maison; en sorte que, durant un mois, aux heures ordinaires de ses repas, il y eut à Pirna, à Goërlitz, à Leipsick et au palais de Marcolini, des tables somptueuses, préparées pour le recevoir. A cette époque, Moreau était à Prague, et le prince royal de Suède (Bernadotte) à Berlin.

A son retour à Paris, après sa fuite de Dresde, on lui a entendu dire : *Mon peuple a plus besoin de moi que je n'ai besoin de lui.* La dernière fois qu'il a fait l'ouverture du corps législatif, dans son discours il a dit : *Les événemens ne sont pas au-dessus de la France et de moi.*

L'orgueil d'un homme qui s'accorde de si grands mérites devient ridicule, même aux yeux de la multitude, à moins que les événemens les plus heureux ne semblent faire croire qu'il dispose des destinées. Les événemens n'étaient pas au-dessus de la France; mais les résultats ont prouvé qu'ils étaient au-dessus de lui.

Ce désir excessif de fausse gloire était une ambition déréglée, contraire à l'humanité, fatal au repos du monde; ce désir était vague, indocile et insatiable : il avait confondu l'émulation et l'amour de la gloire avec l'ambition, et faisait regarder celle-ci comme un sentiment vertueux. Il avait communiqué à beaucoup le désir de s'élever et de paraître au-dessus des autres; ce désir était devenu

une soif brûlante d'honneur et de prééminences,
qui nous tyrannisait et qui cherchait à se satisfaire
aux dépends de l'équité même, pour que tout le
monde fût au-dessous de lui. Il ne montrait nul
égard pour les autres, parce qu'il avait une haute
opinion de son mérite; il semblait commander à
chaque instant l'aveu de sa supériorité sur tous les
Français. L'amitié n'est point faite pour lui; il ne
connaît ni le plaisir ni la joie; le patriotisme n'est
pour lui qu'une chimère. S'il affecte d'autres passions, s'il a l'apparence de vertu, c'est pour mieux
cacher ses vues et s'assurer du succès.

L'ambition était chez lui la passion dominante.
Né dans la classe commune, de grandes secousses
agitent et bouleversent l'état. Acteur d'abord se-
condaire de la grande révolution, il cache à tous
ses desseins par la plus profonde dissimulation,
comme par la plus opiniâtre constance; et par degrés s'élève au pouvoir, employant à le conserver
la même adresse qu'il mit à s'en rendre maître. Il
a frappé d'étonnement et de stupeur tous ceux qui
ont été dupes de son artifice. Fier et implacable
envers ses ennemis, avide de tous les genres de
gloire, il se croyait au-dessus de tout; l'oubli de
lui-même l'avait rendu impitoyable; il s'imaginait que les maux dont les autres étaient affligés
ne pouvaient l'atteindre.

Le traitement qu'il a fait éprouver au général

Dupont (1), et celui qu'il aurait fait éprouver à l'a-
miral Villeneuve, s'il ne s'y était soustrait, ne
viennent que de l'aveuglement qui l'empêchait de
se donner jamais tort, parce qu'il se croyait exempt
de tout défaut, ce qui lui faisait rejeter les fautes
sur les autres.

On peut juger, par l'histoire de M. de Turenne,
et de Moreau, que ce ne sont point les grandes
batailles gagnées qui doivent décider du mérite
rare d'un général. M. de Turenne n'a point défait
des armées de cent mille hommes ; mais, profond
dans l'art de la guerre, il savait arrêter, avec très-
peu de troupes, des armées nombreuses, et rendre
tous les efforts des ennemis inutiles : voilà sa gloire.
On sait que toutes ses victoires sont dues à son
habileté et non à la fortune, et encore moins à
l'ignorance et à la faiblesse des généraux ennemis.

Napoléon, dans ses retraites, a-t-il suppléé au
petit nombre de soldats par une savante tactique,
par des campemens avantageux, par des embus-

---

(1) Lorsque les Français de l'armée du général Dupont,
en Espagne, l'exhortaient à se battre : *Non*, dit-il, *vous
seriez tous immolés.* On lui répliqua : *Vous tomberez en
disgrâce ; vous connaissez Napoléon.* Il répondit : *Mes
amis, il vaut mieux qu'il n'y ait qu'une seule victime que
de vous sacrifier.*

cades dressées avec finesse, par des coups impré-
vus et vigoureux? Un courage brutal et des troupes
innombrables lui ont tenu lieu de génie. Il avait des
prétentions au génie : a-t-il rendu avec énergie une
idée nouvelle?

En Espagne, il a commandé à une partie d'un
régiment de la garde impériale d'aller s'emparer
d'une batterie qui était sur une hauteur voisine de
l'endroit où il se trouvait, et qui foudroyait les
Français ; ils avaient presque tous succombé lorsqu'ils arrivèrent au haut; les Espagnols se retirè-
rent plus épouvantés de l'intrépidité de nos troupes que de leur nombre.

Combien est admirable l'intrépidité des Français pour entrer les premiers dans les retranchemens , pour escalader une forteresse, pour s'élan-
cer sur des batteries, pour prendre des drapeaux
au milieu des régimens, pour faire prisonniers
des officiers supérieurs au milieu de leur troupe ,
pour traverser en se battant des corps et des camps
ennemis, en portant des dépêches à des commandans de places fortes, pour aller au-delà des ponts
foudroyés par une épouvantable artillerie, pour
passer les premiers des rivières à la nage sous le
feu d'une armée, pour crier aux armes lorsqu'ils
sont isolés et entourés d'ennemis, pour se battre
lors même qu'ils viennent de recevoir de nombreuses blessures. Il faut joindre, à ces brillantes

qualités, leur adresse et leur présence d'esprit dans tout ce qu'ils font, et le sentiment d'honneur qu'ils mettent dans leurs actions : voilà ce qui a fait les succès de Napoléon ; voilà le talisman qui l'a retenu si long-temps sur le trône.

Nous avons vu les Français courir à la mort pour le bien public, sans espoir de récompense, ni de gloire, ni de renommée ; ils connaissaient parfaitement le péril, l'avaient prévu, et s'y jetaient par la seule vue de faire leur devoir.

Des Français exposent tous les jours leur vie pour le point d'honneur. Combien avaient encore les expressions de leur zèle dans la bouche, lorsque le fer de la mort leur portait les derniers coups, à l'exemple de d'Assas, et l'expression de leur dévouement, à l'exemple de Désilles, à l'affaire de Nancy, du 31 août !

Des Français, pendant la révolution, ont bravé les dangers de la mort, et l'ont reçue tranquillement pour sauver des personnes qui leur étaient chères, quelquefois sans aucune relation d'intérêt ou de famille, simplement pour épouser la cause d'une personne injustement opprimée.

La mort la plus belle, la plus glorieuse, et qui a toujours fait l'admiration des siècles, est celle que l'on dévoue publiquement à l'intérêt général sans être accompagné de l'intérêt particulier, qui paraissait occuper l'esprit tout entier de Napoléon ;

et qui, malgré son opiniâtreté à poursuivre la fortune, paraît encore plus attaché à la vie qu'à son ambition ; en quittant pour la dernière fois son armée, il a dit : *Je donnerais ma vie pour le bonheur de la France* ; et il n'a pu la donner pour défendre son honneur, sa fortune et l'empire, lorsqu'il en avait l'occasion.

Napoléon, par son caractère et son exemple, n'aurait pu inspirer aux Français cette bravoure, si elle ne leur était naturelle depuis des siècles.

Dès qu'il avait formé un projet, il se persuadait qu'il devait réussir, par la seule raison qu'il en était l'auteur; s'il en conduisait l'exécution et qu'elle fût malheureuse, son amour-propre cherchait aussitôt une excuse dans les événemens. Pour convenir de ses fautes, il aurait fallu qu'il eût de la bonne foi. Rien n'a été plus malheureux pour lui, ni plus contraire à ses succès, que son opiniâtreté, malgré les événemens les plus funestes, à vouloir se montrer infaillible dans l'esprit des hommes.

Au mois de mars 1812, de superbes armées, composées de troupes innombrables, habituées dans nos climats aux fatigues et aux dangers de la guerre, sortirent des garnisons des royaumes de Naples, d'Italie, de Wurtemberg, de Westphalie, de Bavière, de Prusse, des empires de France, d'Autriche et de plusieurs grands-duchés, pour subjuguer la Russie.

Ces troupes marchèrent par un temps humide, ce qui occasionna une maladie épidémique qui était la dyssenterie. Les armées arrivées en Pologne étaient déjà réduites aux trois-quarts; elles avaient surchargé de leurs malades tous les hôpitaux des villes et bourgades où elles avaient passé.

Napoléon, logé dans un couvent, consulte les religieux sur les localités et les ressources de la Russie; ces religieux, qui la connaissent parfaitement par les voyages qu'ils y ont faits, lui disent qu'il ne pourra pas faire des dispositions de manière à s'assurer des quartiers d'hiver; engagé dans le pays ils ne prévoient pas comment il s'en retirera. Il méprise les avis qu'on lui donne. Esclave de ses passions, indignement souillé de mille crimes, partagé et combattu par mille pensées bizarres, on voit dans toute l'Europe de tristes marques de sa destruction.

Plus il avance près de Moscou, moins les communications avec les derrières de son armée sont sûres; enfin elles sont entièrement interceptées. C'est alors qu'après des batailles opiniâtres et très-meurtrières, après que les maladies, les fatigues et le manque de vivres ont occasionné des pertes immenses en hommes ou en argent, qu'il se décide à faire une retraite à la Napoléon, et il a fait mettre dans la gazette qu'il avait fait un savant mouvement.

Il a fallu disputer le pasasge de la Bérésina ; les Russes étaient en possession de plusieurs hauteurs où ils avaient établis des batteries ; on a dû s'en emparer pour faire le pont, qui a été le seul passage pour l'armée en fuite. Deux jours après, l'ennemi a repris une éminence où ils remirent des canons qui foudroyaient toutes les troupes qui passaient.

On se pressait, on se renversait devant et après le pont, ceux qui avaient des chevaux étaient obligés de les abandonner pour passer ; ceux qui tombaient étaient autant d'hommes qui ne pouvaient échapper à une mort cruelle ; parce que ceux qui suivaient les foulaient aux pieds, et ils ne pouvaient se relever, plusieurs en vain défendaient leur vie avec leur sabre.

Chaque avenue du pont, d'un quart de lieue d'étendue, était rempli d'hommes, de chevaux morts et de militaires renversés ; les garde-fous avaient été rompus par la foule ; ceux qui tombaient dans l'eau luttaient inutilement contre le torrent, personne ne s'occupait d'aller à leur secours.

Le second jour après que ce pont avait été établi, Napoléon a passé avec la cavalerie de la garde impériale, qui a arrêté tous ceux qui voulaient traverser, et a passé sur le corps de ceux qui étaient les plus empressés.

Dans cette campagne, on a offert vingt-cinq louis d'une bouteille de vin, que l'on n'a pu obtenir, pour le général bavarois Deroy, qui avait reçu une balle à la cuisse, et il est mort de besoin.... —Peut-on penser quel était le sort de nos soldats malades sans frémir de douleur ?

M. de Narbonne, après avoir perdu dix chevaux de main, n'avait plus qu'un seul petit cheval cosaque qu'il montait, et qui traînait une petite voiture où était un de ses neveux qui avait la fièvre, et qui mourut avant d'arriver à Vilna; le général y arriva sans bottes ni souliers, il avait aux pieds des peaux de mouton qui les enveloppaient.

Des canonniers de la garde impériale poussaient leurs pièces à la roue, après que les chevaux avaient été gelés; les forces leur manquèrent, ils pleurèrent; la misère les accablait, de désespoir plusieurs se tuèrent sur leurs canons.

Le prince de la Moskowa est parti avec quinze mille hommes pour rejoindre l'empereur; arrivé près de lui après de savantes manœuvres et après avoir montré un grand courage, il n'avait plus qu'environ trois cents hommes, et Napoléon l'embrassa pour lui témoigner combien il était charmé de sa conduite.

En moins de seize mois deux milliards de numéraire, quatorze cent mille hommes, tout le matériel de nos armées et de nos places sont engloutis dans les bois de l'Allemagne et les déserts de la Russie.

Six cent mille guerriers vainqueurs de l'Europe, la gloire de la France, errèrent par un froid inconnu dans nos climats, à travers les neiges et les déserts de la Russie, s'appuyant sur des branches d'arbre, car ils n'avaient plus la force de porter leurs armes; ils étaient couverts de la peau sanglante des cheveaux qui venaient de servir à leurs derniers repas.

De vieux capitaines, les cheveux et la barbe hérissés de glaçons, caressaient le soldat à qui il était resté quelque nourriture pour en obtenir une partie, qui était de la farine tantôt de seigle ou de froment, qu'ils dissolvaient dans de l'eau qu'ils faisaient chauffer dans des cuirasses des soldats morts. Les soldats, les officiers et même les généraux qui s'approchaient d'un feu pour se chauffer pendant que les soldats qui l'avaient fait dormaient, étaient chassés impitoyablement par ceux qui se réveillaient les premiers; les généraux sollicitaient leur miséricorde, et ils ne pouvaient les toucher tant le malheur les avait aigris. Des soldats de la garde impériale brisèrent toutes les voitures de Napoléon pour l'obliger à aller à pied comme eux.

Des escadrons entiers, hommes et chevaux, étaient gelés pendant la nuit; lorsque des militaires trouvaient un hangar ou un talus, ils s'appuyaient en tas pour dormir; c'est ainsi que l'on en a trouvé gelés par centaines. Les courriers qui se sont livrés un instant au sommeil, et qui avaient à leurs pieds du sable chaud dans des sacs, furent malgré cela trouvés gelés dans leurs voitures.

En Russie on a compté plus de cent soixante mille cadavres; dans un seul bûcher on en a brûlé vingt-quatre mille.

Ce grand corps à tant de visages, de bras et de mouvemens qui semblait menacer le ciel et la terre, c'est toujours l'homme faible, calamiteux et misérable. Un souffle de vent contraire suffit pour le renverser, un rayon de soleil l'a fondu et évanoui en Égypte, un air chaud et humide l'a détruit à Saint-Domingue.

Cet homme, au retour de pareilles destructions, pas un mot de consolation aux épouses, aux mères en larmes dont il était entouré, pas un regret, pas un mouvement d'attendrissement, pas un remords.

S'il parlait de la campagne de Moskou, c'était comme d'une chose indifférente, dit M. Chateaubriant. Les passions de Napoléon l'ont empêché d'être sensible aux maux publics.

Un bon général doit pourvoir aux moyens de la subsistance de son armée : il ne doit point faire, sans une nécessité pressante, des marches for-

cées, qui rarement peuvent se faire sans désordre ;
il n'engage point un combat et ne se porte point
en avant sans assurer sa retraite en cas d'échec.

Il n'entend rien aux retraites et à la chicane du
terrain ; il est impatient, incapable d'attendre
long-temps un résultat ; il ne sait qu'aller en
avant.

La bataille d'Austerlitz perdue, il en revenait
aussi défait que de Moskou et de Leipsick ; il bra-
vait les événemens parce qu'il avait confiance dans
la prédestination. Lorsqu'il allait en avant il avait
l'air de s'assurer des derrières de l'armée. Il ne fallait rien moins que l'expérience pour détromper
sur ses talens militaires. Dans ses dernières batailles il n'oppose à ses ennemis qu'une activité
sans plan.

Dans la retraite qui à précédé le siége de Paris,
douze mille hommes se sont formés en bataillon
carré en présence de l'armée qui les assaillait ;
reduits à huit cents hommes, ils n'ont pas voulu se
rendre

A quoi a servi le dévouement le plus admirable
pour un homme qui s'obstinait contre les obstacles
invincibles de la nature?

Des invalides qui ont défendu, avec des braves
élèves de l'école polytechnique, la hauteur Saint-
Chaumont qu'on essaya vainement de prendre
d'assaut, dirent, lorsqu'ils virent qu'on allait capi-

tuer : Ne nous feront-ils pas (parlant des alliés) la grâce de nous tuer sur nos pièces ?

On a vu la rue de la Montagne, jusqu'aux prés Saint-Gervais, dans la matinée du 30 mars, être continuellement arrosée de sang ; les blessés s'appuyaient sur leurs fusils pour s'acheminer vers un hôpital qui devient dans ces occasions un lieu infecté par la putréfaction anticipée du tombeau ; d'autres qui, par la nature de leurs blessures, ne pouvaient faire le moindre mouvement sans éprouver de violentes douleurs, étaient portés chacun sur un fusil et attachaient leurs mains après les habits de leurs camarades, pour ne pas tomber.

D'un autre côté, on voyait un soldat à cheval qui avait une jambe ensanglantée, un boulet de canon venait de la traverser ; la partie inférieure tenait encore à quelques lambeaux de peau, elle balançait çà et là par le mouvement du cheval, qui était conduit par son cavalier qui avait un bras en écharpe.

Nous avons vu à Paris, au mois de mars dernier, nos soldats pâles, épuisés et chancelans de fatigues, s'appuyer sur les bornes des rues, succombant sous toutes les sortes de misère, tenant à peine d'une main l'arme avec laquelle ils venaient de défendre la patrie, et demandant l'aumône de l'autre main ; nous avons vu la Seine chargée de barques, nos chemins couverts de charriots remplis de blessés, qui n'avaient pas même le premier appareil sur leurs plaies.

Un de ces chars, que l'on suivait à la trace du sang, se brisa sur le boulevard. Il en tomba des conscrits qui perdaient encore leur sang par leurs blessures sans appareils, jetant des cris et priant les personnes de les achever.

Napoléon ne faisait sentir qu'il était prince que par la violence et la crainte qu'il inspirait. Il sera malheureux de se voir l'opprobre du genre humain, à moins qu'il ait renoncé à toute pudeur, semblable aux filles publiques qui, pour avoir trop à rougir, ne rougissent plus. Il ne pourra plus étouffer le témoignage intérieur des consciences qui dépose contre lui; il ne pourra plus imposer silence à la voix de l'opinion publique; privé de satisfaire ses passions destructives, dont il s'était fait un besoin, il ne pourra pas éviter de tomber dans la mélancolie qui sera son bourreau. Il se louait dans ses discours et dans ses notes ou articles pour les journaux; il se repaissait souvent du plaisir imaginaire de vivre glorieusement une longue suite de siècles; son nom, il est vrai, passera à la postérité, mais pour se souvenir de Napoléon, comme on se souvient des inondations, des incendies, des pestes.

Les précautions qu'il a prises prouvent qu'il craignait une mort tragique; il ne faisait jamais de promenade publique en simple particulier à des jours et heures marqués, et on vantait continuellement sa popularité. S'il paraissait en ville, il était ordinairement déguisé ou à cheval, encore a-t-il plutôt choisi le matin que tout autre temps.

Dans des occasions où il a laissé agir sa pensée, elle a fait connaître qu'il ne se maintenait empereur que par l'illusion qu'il savait entretenir parmi l'armée. Un maréchal de France ne pouvait être à redouter si le peuple avait chéri son gouvernement.

Gustave a perdu sa couronne par les intrigues de Napoléon, qui a dépensé deux millions pour opérer la dernière révolution de Suède; cependant il ne goûta pas la manière dont elle fut effectuée.

Lorsque l'aide de camp du nouveau roi apporta la nouvelle à Paris, Napoléon, dans un accès de colère, dit : « Qu'est-ce qui empêche Davoust, » où tout autre de mes maréchaux, de marcher » contre moi avec leurs corps d'armée? On ne » devrait pas tenter de révolution au moyen des » troupes, cela met les souverains dans des situa- » tions critiques ».

Le discours suivant servira encore à faire connaître avec plus de développement les qualités de son esprit.

Réponse faite le 1er. janvier 1814, par Napoléon, au rapport de la commission extraordinaire du corps législatif, du 28 décembre 1813.

« Messieurs les députés,

» Je vous ai appelés autour de moi pour faire
» le bien : vous avez fait le mal. Vous avez parmi
» vous des gens dévoués à l'Angleterre, à l'étran-
» ger, qui correspondent avec le prince régent,
» par l'entremise de l'avocat Desèze. Les onze
» douzièmes parmi vous sont bons, les autres sont
» des factieux. Retournez dans vos départemens ;
» je suivrai de l'œil ceux qui ont de mauvaises
» intentions. Vous avez cherché à m'humilier ! Je
» suis un homme qu'on peut tuer, mais qu'on ne
» saurait déshonorer. Quel est celui d'entre vous
» qui pourrait supporter le fardeau du pouvoir ?
» Il a écrasé l'assemblée constituante, qui dicta
» des lois à un monarque faible. Le faubourg
» Saint-Antoine vous aurait secondé, mais il vous
» eût bientôt abandonné..... Que sont devenus
» les *Jacobins*, les *Girondins*, les *Vergniaud*,
» *Guadet*, et tant d'autres ? Ils sont morts.
» Vous avez cherché à me barbouiller aux yeux
» de la France, c'est un attentat. Qu'est-ce que le

» trône, au reste? quatre morceaux de bois do-
» rés recouverts de velours. Et moi aussi je suis
» sorti du peuple, et je sais les obligations que
» j'ai contractées. Ce n'était point au moment où
» les étrangers occupent nos provinces, et que
» deux cent mille Cosaques sont prêts d'inon-
» der nos plaines, qu'il fallait faire des remon-
» trances.

» Je sais qu'il y a eu des abus, et jamais je n'ai
» souffert ceux que j'ai connus. M. Raynouard
» a dit que le prince *Masséna* avait volé une bas-
» tide à Marseille, il a menti. Le général a pris
» possession d'une maison vacante, et le minis-
» tre fera indemniser le propriétaire. Humilie-
» t-on ainsi un maréchal de France, qui a versé
» son sang et blanchi sous la victoire?

» Je vous avais indiqué un comité secret; c'é-
» tait là qu'il fallait représenter vos doléances,
» établir des faits; je vous aurais rendu justice.
» C'était en famille qu'il fallait laver notre linge,
» et non sous les yeux du public.

» J'ai été appelé deux fois au trône par le vœu
» de vingt-quatre millions de Français : j'ai un
» titre, vous n'en avez pas. Qu'êtes-vous dans la
» constitution? vous n'êtes rien, vous n'avez au-
» cune autorité; *c'est le trône qui est la consti-*
» *tution, tout est dans le trône.*

» On a mêlé l'ironie aux reproches : suis-je fait

» pour être humilié? Je sais supporter l'adversité
» avec noblesse. Vous me demandez des conces-
» sions que mes ennemis même ne me demande-
» raient pas ; s'ils me demandaient la Champagne,
» vous voudriez que je leur cédassse la Brie.....
» Dans quatre mois j'aurai la paix, et les enne-
» mis seront chassés, ou *je serai mort*. Vous
» appartient-il de délibérer sur de si graves inté-
» rêts..... ?

» Je vous le répète, vous avez parmi vous des
» factieux : ne sais-je pas combien il est facile de
» remuer une grande assemblée? L'un se met là,
» l'autre se met ici, et la délibération est con-
» duite par des agitateurs. Au lieu de nous réunir
» tous, vous nous avez désunis. Vous m'avez mis
» seul en face des étrangers, en disant que c'est à
» moi seul qu'ils font la guerre : c'est une atrocité.
» Vous vous dites les représentans de la nation,
» mais vous n'êtes que des députés au corps légis-
» latif. Vous avez éloigné les gens qui tiennent au
» gouvernement dans vos nominations ; cela ne
» prouve-t-il pas de mauvaises intentions? Vous
» avez nommé votre commission extraordinaire,
» celle des finances, celle de l'adresse, et vous
» avez choisi mes ennemis.

» *M. Lainé*, je le répète, est un méchant hom-
» me ; les autres sont des factieux. Je rends justice
» aux onze douzièmes qui, je l'ai dit, sont bons ;

» ma» je connais les méchans et je les poursui-
» vrai. Je vous le demande; était-ce pendant que
» les ennemis sont chez nous qu'il fallait faire de
» pareilles choses? La nature m'a doué d'un courage
» fort, il peut résister à tout; il en a beaucoup coûté
» à mon orgueil; je l'ai sacrifié; mais je suis au-
» dessus de vos misérables déclamations. J'avais
» besoin de consolations, et vous m'avez déshon-
» noré; mais non, mes victoires écrasent vos rail-
» leries.

» J'attendais que vous seriez réunis d'intention
» et d'effort pour chasser l'ennemi, vous l'avez
» appelé. J'avais conclu la paix en acceptant les
» conditions de l'ennemi, et c'est vous qui l'avez
» fait changer. J'aurais perdu deux batailles que
» cela n'eût pas fait plus de mal à la France. Sous
» trois ou quatre mois nous aurons la paix, et
» vous vous repentirez de votre mauvaise con-
» duite. Je suis de ces gens qui triomphent ou
» qui meurent. Je porte dans mon cœur les onze
» douzièmes d'entre vous. Retournez dans vos
» départemens. Je ferai quelque jour imprimer le
» rapport de vos commissions, et il sera jugé
» ce qu'il est. S'il paraît dans vos départemens,
» je le ferai imprimer dans le Moniteur avec des
» notes. Je ferai nommer les députés des deux
» séeries qui manquent, et je réunirai le corps-
» législatif. Les habitans de l'Alsace et de la

» Franche-Comté , ont un meilleur esprit que
» vous ; ils me demandent des armes , je leur en
» fait donner ; je leur envoie de mes aides de camp
» pour les conduire en partisans ».

Il ne trouvait gens de mérite que ceux qui étaient
de son avis. Sa libéralité tenait à l'amour-propre,
à l'ambition qui veut enchaîner les hommes par
l'intérêt et non à la grandeur d'âme qui récompense la probité et la vertu ; aussi ne répugnait-il
pas de s'entourer de gens déshonorés par l'égoïsme
le plus dépravé, pourvu qui lui fussent dévoués.
Ils croit d'après l'expérience qu'il ne s'agit que de
mettre à chaque homme le prix auquel il veut se
vendre ; cela n'est pas universellement vrai ; quoique nous ayons vu des individus faire fortune près
de Napoléon en flattant ses passions, plutôt qu'en
parlant à la raison. Ces gens ne réfléchissaient pas
que l'amour du bien public est le seul attrait légitime des hommes, que tout autre motif abuse en
en peu de temps, et punit à la fin celui qui a été
abusé.

Napoléon, après son retour de Moskou, a fait
faire une pendule, dont la boîte était massive en
or, pour en faire présent au plénipotentiaire Turc
qui l'a refusée. Napoléon voulait faire cette libéralité pour qu'il engageât son maître à déclarer la
guerre à la Russie.

Le ciel accorde rarement une grande fortune

aux parvenus avec l'art de s'en servir ; elle avait rendu Napoléon audacieux et remuant : elle n'a fait que déveloper en lui l'orgueil, la fierté et la cruauté, elle a fait paraître ses vices comme la lumière fait paraître les objets. On voit des gens sans aucun intérêt qui le regrettent ; mais c'est qu'ils ne jugent les hommes que par la vogue qu'ils ont eue, par leur fortune. Il y a des Français chez qui l'affection pour lui ressemblait à un délire ; semblables à des enfans qui, n'ayant encore que peu d'idées, se concentrent sur une seule chose ; ils exagéraient, ils dénaturaient à tel point ses actions, que souvent la vérité surchargée de beaucoup trop d'ornemens, ne se laissait plus voir. On lui donna la qualité de *grand*, de la même manière que le peuple de plusieurs villes d'Allemagne accorde le titre d'excellence à ceux qui montrent des dehors somptueux.

Ceux qui entouraient Napoléon, pourront-ils dire, sans insulter à la vérité, qu'il avait, étant souverain, les sentimens grands, nobles, élevés, supérieurs à tout intérêt particulier, constans et fermes dans le bien, et incapables d'être arrêtés par aucun obstacle, ou pervertis par aucune passion ? Ses crimes, ses meurtres, ses brigandages ont été présentés comme des actes de bienfaisance et de clémence. Le député Courtois, chargé de faire un rapport à la convention sur les papiers trouvés chez Maximilien Roberspierre, a dit : *Si la peste avait des pensions à donner, elle trouverait aussi des adorateurs !!!*

Napoléon aurait abruti notre génération par les guerres continuelles, ainsi que par des occupations viles et méprisables qu'il donnait à beaucoup de Français. Le commerce leur aurait élevé l'âme par les sentimens qu'inspire une famille à laquelle on assure l'existence, et par les charges que l'on paie à l'état pour en obtenir de la protection. On ne tenait point à l'état par de véritables liens; le plus grand nombre regardait agir Napoléon comme des gens qui voient tomber la grêle, et qui font des vœux pour que leurs champs en soient garantis. l'intérêt particulier qui dominait presque partout faisait de chaque famille un état à part, absolument indifférent à la patrie : chacun s'établissait le centre de tout, les vues générales ne touchaient personne; le bien public n'était qu'une vaine idée; chaque individu tâchait de s'avancer par des routes séparées, où il pouvait marcher seul et n'avoir point de concurrent.

L'irréligion, le goût des jouissances et des dépenses au-dessus de sa fortune, le mépris des liens moraux, l'esprit d'aventure, de violence et de domination descendaient du trône dans les familles.

Cet homme était accoutumé à se jouer de la

nature; l'exercice habituel de la cruauté l'avait rendu barbare jusque dans ses plaisirs; il n'a pas montré le moindre regret sincère de la perte de tant d'hommes généreux qui ont été les victimes de sa folle ambition. Il a si peu de sensibilité qu'il a été à la chasse le jour que l'on a enterré le maréchal Lanne; il avait affecté d'être touché de la crainte de le perdre, ce qui lui fit dire : qu'il oubliait les soins que demandait l'empire, pour se livrer tout entier à la douleur que lui occasionnait son ami blessé.

Voyez les journaux de ce temps-là.

A Wagram, les morts restèrent plusieurs jours sur le champ de bataille, tous les jours il y allait à cheval; l'horreur qu'inspire un lieu de carnage où le sang vient d'être nouvellement répandu et fumant encore, ne suffit plus à ses sens émoussés par l'habitude : il n'y a plus que des monceaux d'hommes en putréfaction, capable de faire les délices de son cœur.

Napoléon a dit dans un ordre du jour du 10 frimaire, avant de livrer la bataille d'Austerlitz : *Que sous prétexte d'emmener les blessés, on ne dégarnisse pas les rangs, et que chacun soit bien pénétré de cette pensée.* Les soldats doivent serrer les rangs en foulant aux pieds les corps de leurs camarades morts et blessés.

Si les Français, c'est-à-dire, la nation, avait été

coupables de la mort de leur roi, Napoléon par sa conduite l'aurait vengée au-delà de ce que les ennemis de la France et les persécuteurs du crime l'ont souhaité.

A Arcis-sur-Aube, les blessés restèrent quatre jours sur le champ de bataille, jusqu'à ce que des Prussiens vinrent les enlever. Des habitans des environs qui avaient été attirés par la cupidité, dépouillaient les morts et restaient insensibles aux prières des militaires, tant l'exemple du prince avait corrompu la nation!

La Corse a produit plusieurs hommes du caractère de Napoléon. « En 1567, le célèbre corse Sanpietro, banni de sa patrie pour avoir suivi les étendards de Henri II dans la guerre que ce prince avait faite à Gênes, se retire en France. Là il travaille avec l'ardeur qu'inspire la passion de la liberté et le désir de la vengeance, à armer plusieurs puissances pour ses compatriotes contre la république. N'ayant pas réussi, il se rend à Constantinople, où plusieurs circonstances lui font espérer qu'il pourra avoir plus de succès.

» Les Génois, instruits de ses projets, croient qu'ils l'y feront renoncer s'ils peuvent parvenir à se rendre maîtres de ce qu'il a de plus cher. Dans cette vue, ils envoient un homme de confiance à Vannina Ornano sa femme, pour lui représenter que le seul moyen de recouvrer, pour elle et pour ses enfans, les biens immenses que le crime de son mari leur a fait perdre, et d'obtenir de la république la grâce de Sanpietro, est de se rendre à Gênes auprès de ses maîtres légitimes. Cette femme, légère et crédule, s'étant laissée aisément séduire, part furtivement de Marseille sur une petite barque, avec le second de ses fils. Saint Florent, ami et confident de Sanpietro, en ayant eu avis, monte sur un brigantin, et fait tant de diligence qu'il la joint près d'Antibes, la tire de sa barque et la met entre les mains d'un gentilhomme, qui la fait conduire et observer à Aix.

» Sanpietro apprend, à son retour en Provence, ce qui s'est passé. Il reproche à sa femme la bassesse de sa perfidie, et lui ordonne de se disposer à la mort. Vannina ne pousse pas un soupir pour la vie, mais demande seulement à la terminer par la main de celui qu'elle a choisi pour son époux, plutôt que par le ministère des vils esclaves qui se disposent pour cet attentat; Sanpietro ne balance pas, il lui met un mouchoir autour du cou, et il l'étrangle.

» Sur-le-champ il part pour la cour, il trouve que tous les hommes y sont saisis d'horreur, et que les femmes y poursuivent sa punition avec tout l'acharnement dont elles sont capables. La reine-mère, Catherine de Médicis, refuse de l'entendre. Alors Sanpietro, découvrant sa poitrine, fait voir les cicatrices qu'il a reçues au service de la France : *Qu'importe , dit-il fièrement, qu'importe au roi et au royaume comment Sanpietro a vécu avec sa femme , s'il ne vit que pour se sacrifier aux intérêts et à la gloire de l'état?* Ces paroles prononcées avec fermeté en imposent, et on ne lui fait point son procès ». (*De Thou.*)

Les discours fermes et assurés ont toujours eu un grand pouvoir pour exciter l'indulgence des Français.

Le fait suivant ne servira pas moins à prouver ce que nous avons avancé.

« En 1630, lors de la déroute de Vélazzo , le comte de Guiche est fait prisonnier dans cette occasion par le corse Piétro Ferrari , qui, pour en tirer une grosse et prompte rançon , le traite avec toute l'inhumanité possible dans le château de Goëtte , dont il est gouverneur. Quelques officiers de sa garnison , indignés de voir traiter avec tant de barbarie un homme de qualité , brave et plein d'honneur, représentent que c'est violer le droit des gens. *Messieurs,* leur répond le féroce Corse , *je vous dirai que mon père est mort , et que je m'en suis consolé; ce maraut crèvera, et je m'en consolerai* ». (*Mémoires du maréchal de Grammont.*)

La dernière guerre que Napoléon a suscitée a tourné à sa confusion ; les cabinets de l'Europe ont ouvert les yeux sur ses projets dévastateurs ; et les peuples réunis n'ont plus formé qu'un seul vœu, sa destruction pour le salut de tous.

Il se laisse amuser à Moscou par des propositions de paix ; il ignore assez le cœur humain pour croire que des peuples, qui ont eux-mêmes brûlé leur capitale, afin d'échapper à l'esclavage, vont capituler sur les ruines fumantes de leurs maisons.

Ce que les Russes ont exécuté en 1812, ils l'avaient projeté en 1709, dans un conseil de guerre, lorsque Charles XII, dans le cours de ses prospérités, forma le projet de détrôner Pierre Ier. Il suit l'exécution de ce projet extraordinaire : lorsqu'il met le siége devant Pultawa, le czar consulte ses généraux sur le parti qu'il convient de prendre.

« Les uns veulent qu'on investisse le conquérant avec l'armée moscovite, et qu'on fasse un grand retranchement pour l'obliger à se rendre. Les autres opinent qu'on brûle cent lieues de pays pour affamer le roi de Suède et son armée. Il y en a qui prétendent qu'il faut encore hasarder une bataille ; parce que, sans cela, la place attaquée sera emportée, et que les vainqueurs y trouveront de quoi subsister dans le désert qu'on propose de faire.

» Le czar, s'étant rangé à ce dernier avis, prend la parole et dit : Puisque nous nous déterminons à combattre, il faut le faire avec toutes les précautions possibles. Les Suédois, impétueux, disciplinés et adroits, ont toujours forcé nos retranchemens : ils nous ont aussi battus en rase campagne, par la facilité avec laquelle ils manœuvrent. Je pense donc qu'il faut marcher de manière que nous arrivions à la fin du jour à la vue des assiégeans, afin qu'ils remettent au lendemain à nous attaquer : nous emploierons la nuit à élever, sur notre front, des redoutes qui auront des fossés profonds garnis d'infanterie, fraisés et palissadés. Nous attendrons l'ennemi derrière nos fortifications, qu'il ne pourra pas emporter sans se rompre, sans s'affaiblir, et se mettre dans un grand désordre. Je ne désespère pas qu'en saisissant bien le moment favorable, nous ne puissions parvenir à les vaincre.

» L'ouverture que fait le monarque éclaire et entraîne le conseil. Tout ce qu'il propose est exécuté de point en point. Les Suédois, qui ne savent rien de la disposition qu'ont fait les Russes pour les recevoir, sont fort étonnés, lorsqu'ils veulent engager le combat, de trouver sept redoutes. Comme on est déjà en mouvement, et que cette nation ne connaît pas la crainte, on attaque ces fortifications de terre : on en force trois, et on est repoussé à quatre avec grande perte. L'infanterie, rompue à ces attaques, se retire en désordre, et abandonne les redoutes dont elle s'est emparée.

» Le czar, qui, à la tête de son armée rangée en bataille, a tranquillement regardé, de deux cents pas, ce spectacle, demande alors à ses généraux ce qu'il convient de faire. M. Allart, l'un des moins anciens, sans donner aux autres le temps d'ouvrir leur avis, dit à son maître : *Si votre majesté n'attaque pas les Suédois dans ce moment, il ne sera plus temps après.* Sur-le-champ toute l'armée moscovite s'ébranle, fond sur les Suédois, qui n'ont pas eu le temps de se remettre en ordre, et remporte la victoire la plus complète et la plus décisive. Cette grande action fait la destinée du Nord. Les Russes y prennent, à cette époque, l'ascendant que la Suède y avait auparavant ». (*Rêveries du maréchal de Saxe*).

Ainsi, les Russes auraient incendié leur pays s'ils avaient perdu la bataille.

Napoléon, furieux, quitte la Russie, il jure qu'il reparaîtra bientôt avec une armée dont l'avant-garde seule sera composée de trois cent mille soldats. Ses passions l'empêchaient de fixer son attention sur ce qui se passait dans les cabinets; il s'est obstiné à rester sur l'Elbe, est battu à Leipsick, et a refusé une paix honorable qu'on lui proposait. Il ne suffit pas à un agresseur de faire de grands efforts pour le succès de ses conquêtes, il faut qu'il conserve encore des forces considérables pour défendre ses frontières contre les divers moyens que l'on peut employer pour combattre le conquérant : autrement il se trouve dans la nécessité de revenir à la défense de ses propres foyers, au lieu de suivre les mouvemens de son ambition, et de recevoir lui-même la loi qu'il avait espéré de dicter.

L'administration des armées était très-mauvaise. Le pillage que l'on a fait dans le faubourg de la Villette, la veille de l'entrée des troupes alliées dans la capitale, l'a prouvé à tous les Parisiens.

Dans la retraite de Leipsick, nos troupes étaient frappées de terreur et de désespoir; l'insubordination régnait, on ne pouvait empêcher le pillage; aucuns lieux n'étaient respectés. Dans des villes de passage où il y avait des hôpitaux, au bout de vingt-quatre heures, pas un bouillon, pas un verre de vin, pas un morceau de pain, pas une compresse, pas une once de charpie! Les habitans eux-mêmes étaient sans subsistances, tout le monde fuyait; les malades, les blessés seuls demeuraient; ils expiraient d'inanition dans les lieux où on les avait entassés.

Dès que le soldat français était en campagne, il ne recevait plus de paie; s'il ne trouvait pas à piller, et qu'il demandât sa solde, on le mettait aux arrêts, et s'il faisait des représentations vives, on le fusillait. Il a fallu piller, ravager la Saxe pour subsister. Les uns avaient dix fois trop, les autres mouraient de faim dans les camps, ou d'épuisement dans les hôpitaux.

On a vu des soldats exténués par les fatigues d'une marche forcée, arriver à Paris le 30 mars dernier, ils se rendaient, ou plutôt ils se traînaient au champ de bataille. Un d'eux, qui se trouvait plus faible que les autres, dit à son camarade : *Si nous entrions dans ce cabaret pour prendre un verre de vin ?* qui lui répondit : *Comment le pourrions-nous sans argent ?*

Lorsque Buonaparte chassa le directoire, il lui adressa ce discours :

« Qu'avez-vous fait de cette France que je vous ai laissée si brillante ? Je vous ai laissé la paix, j'ai retrouvé la guerre ; je vous ai laissé des victoires, j'ai retrouvé des revers ; je vous ai laissé les millions de l'Italie, et j'ai trouvé partout les lois spoliatrices et la misère. Qu'avez-vous fait de cent mille Français que je connaissais, tous mes compagnons de gloire ? ils sont morts. Cet état de chose ne peut durer, avant trois ans il nous mènerait au despotisme ; mais nous voulons la république, la république assise sur les bases de l'égalité, de la morale, de la liberté civile et de la tolérance politique, etc. ».

Ce discours est une des preuves les plus fortes que l'on puisse donner de son caractère hypocrite.

Où sont nos trésors, les millions de l'Italie, de l'Europe entière? Qu'a-t-il fait de cinq millions de Français? Il voulait la république et il nous avait mis dans l'esclavage. Il a assassiné le duc d'Enghien, torturé Pichegru, banni Moreau qu'il aurait fait mourir sans le dévouement que montrèrent les troupes à sa cause et particulièrement la gendarmerie. Il a fait le souverain pontife son prisonnier, enlevé les princes d'Espagne, commencé une guerre impie. Il a anéanti notre commerce, corrompu nos mœurs, enlevé les enfans aux pères, désolé les familles, ravagé le monde, brûlé plus de mille villes ou bourgades, inspiré l'horreur du nom français à toute la terre. Il a exposé la France à la peste, à l'invasion et à la conquête.

Cette passion de la guerre qu'il avait, était un feu dévorant qui consumait l'espèce humaine. Notre siècle a été favorable à un homme hardi et entreprenant.

L'ordre sous Napoléon était fondé sur la force, sur les espions et sur les fusillades nocturnes de sa police, ce qui retenait le public dans la terreur, dans la crainte et dans l'épouvante. Lorsque nous nous regardions, c'était toujours avec défiance.

Il y a eu, en tous temps, des individus prêts à vendre leur patrie, lorsqu'on avait de l'argent pour les payer. Il n'a fallu qu'un traître dans un cabinet, pour rendre inutiles le patriotisme et l'énergie des autres ministres.

Napoléon savait le prix d'un *ministre du cabinet*, d'un *général d'armée* ; il savait aussi à qui s'adresser pour le faire offrir. Cela explique, dit-on, la reddition d'Ulm en trois jours ; cela explique pourquoi Magdebourg n'était pas approvisionné pour un siége de six semaines ; pourquoi cette place fut rendue sur une lettre fabriquée du roi de Prusse (1).

Il se servait de marchandes de modes, de danseuses, d'actrices, de chanteuses, de musiciens, d'auteurs dramatiques, de peintres, d'artistes, comme gens utiles à sa politique ; on rapporte qu'il y a eu des friseurs espions qui s'insinuaient dans les maisons des gens de qualité, etc.

Les hommes éclairés qui portent dans la politique la dignité qui convient à la science de gouverner les états, sont disposés à ne pas croire que les autres emploient les petits moyens et les ruses qui répugnent aux âmes élevées, mais auxquels un ennemi envieux et perfide a recours.

Un particulier à Reims lui exposait les malheurs qu'éprouvait son pays : *Un souverain doit avoir son cœur dans sa tête*, dit-il ; comme si un sou-

---

(1) Napoléon avait à sa disposition des gens qui savoient contrefaire le seiug et la signature des souverains.

verain ne devait pas avoir plus de sensibilité qu'une bête féroce.

Dieu a puni celui que les Français ne pouvaient appeler en jugement. Il ne se croyait pas comme les autres hommes soumis à Dieu. Si Dieu l'eût établi son ministre pour gouverner les peuples en son nom, comme il le disait, il l'aurait destiné à faire le bien; il l'aurait fait penser à rendre son état heureux et florissant; à découvrir le mérite et à l'employer; à protéger les lettres et les savans; à rendre la justice indépendante, prompte et aisée; à proportionner les tributs avec les richesses des provinces et des particuliers; à faire fleurir le commerce par la bonne foi envers les étrangers, et par les facilités accordées à ses sujets; à faire respecter et à rendre aimable sa conduite aux nations voisines, et à mériter l'estime et la confiance des autres princes.

Pour être bon souverain, il ne suffit pas d'être grand par des qualités guerrières, il faut être aussi grand par des talens politiques, par des vertus civiles et morales, et plus grand encore par les soins que l'on prend pour faire augmenter la richesse des villes, pour faire prospérer la multitude du peuple et pour augmenter la félicité publique.

Tous les pays sous la domination et la puissance de la France en abhorraient le gouvernement. Il faut même plus que des qualités ordinaires pour être un souverain supportable.

Comment aurait-il pu connaître ou être instruit des devoirs d'un prince? Il se livra au plaisir de régner, sans s'inquiéter des justes bornes de son autorité. Il s'est imaginé qu'il fallait être peu délicat sur la religion pour être profond en politique ; il était sans respect pour la justice, il a même forcé l'organe des lois à suivre la volonté de ses passions. Il est à la connaissance de tout le monde qu'il a employé l'artifice pour satisfaire ses intentions criminelles, et qu'il a abusé de la puissance militaire.

La veille de son abdication, il a dit aux troupes assemblées : « Les Parisiens sont des lâches, ils ont pris la cocarde blanche. Voulez-vous me suivre au combat..... Demain j'attaquerai l'ennemi, et nous arborerons la couleur nationale sur les ruines de Paris ». Les généraux refusèrent de le suivre. Lorsqu'il tint ce discours, il croyait qu'il n'y avait plus de salut pour lui. Les souverains alliés, aussi généreux dans la prospérité que Napoléon y était dur, lui proposèrent un asile et une pension qu'il accepta. Le lendemain, il harangua les troupes et leur dit d'obéir à leur roi.

Il n'était attaché à Paris qu'il embellissait suivant son système de gloire, qu'autant que cette ville s'occupait de son ambition, puisqu'il n'a pas hésité à la faire ruiner, et qu'il n'a pas non plus hésité à faire tirer sur les Parisiens le 13 vendémiaire; et cet homme donnerait sa vie pour la France! Traite-t-on comme il l'a fait ce qu'on aime?

Tourmenté par la crainte de perdre la vie, il a fait périr dans une rivière après l'affaire de Leipsick, les deux tiers de ses soldats, en faisant sauter le pont de Lindau, seule et unique voie de retraite pour une armée entière; ce pont important fut confié à la garde de *quatre sapeurs;* et il a fait mettre dans les journaux qu'un caporal avait mal interprété l'ordre qu'il avait reçu de son colonel dont on a donné le nom, qui, suivant le bulletin, pour donner à ce conte une apparence de vérité, devait être livré à une commission militaire (1).

Douze mille Français restèrent sur le champ de bataille, plusieurs de nos généraux furent tués ou noyés, les alliés firent quatre-vingt mille hommes prisonniers.

Dans cette retraite, des soldats trouvèrent une de ces échelles doubles qui servent aux jardiniers pour tailler les arbres, qu'ils jetèrent sur l'Elster;

---

(1) On sait maintenant que le colonel de génie, M. Monfort, qu'on accusa d'être l'auteur de ce désordre, n'était pas à l'armée en ce moment, et que lorsqu'il voulut réclamer, on lui imposa silence. (*Des Sépulcres de la grande armée*).

les soldats, étrangers aux précautions que demande un pareil pont, firent bientôt faire un demi tour à l'échelle; ceux qui s'accrochèrent après et qui ne savaient pas nager, furent noyés, parce que les militaires qui se sauvaient passaient continuellement sur ce frêle pont, en marchant quelquefois sur les mains des premiers.

Voilà comme il savait disposer du terrain : obligé de se retirer, il fait prendre la fuite à ses armées au lieu de battre en retraite; guidé par la présomption, il a toujours fait aller ses armées en avant, sans s'inquiéter des approvisionnemens. En Egypte, il a fait fusiller ses prisonniers de guerre, empoisonner les malades de son armée, parce qu'il n'avait pas de vivres à leur donner; par sa précipitation dans les entreprises militaires, une armée française a été inutilement détruite dans l'île Saint-Domingue.

Aussitôt que l'adversité, qui fait éclater les vertus, a touché le faux grand homme, le prodige s'est évanoui : dans le monarque on n'a plus aperçu qu'un aventurier.

Nous allons voir, par quelques exemples, combien son esprit se montrait petit envers les personnes auxquelles il s'imaginait devoir manifester de la haine.

Dans les pays où la liberté de la presse n'existe pas, les ambassadeurs n'avaient d'autre moyen de savoir les nouvelles du jour, les anecdotes de la cour, la chronique scandaleuse de la ville, qu'en se procurant une espèce de gazette manuscrite, qui, en France, portait le nom de *Nouvelles à la main.* Elles existaient avant la révolution.

Quand Napoléon passa à Lyon pour aller se faire proclamer président de la république italienne, le ministre de la police, dit-on, fit arrêter M. Foulhaux, auteur des *Nouvelles à la main* de ce temps-là; on saisit ses papiers, et le nom de M. de Marcoff, ambassadeur de Russie, se trouva sur la liste des souscripteurs.

Napoléon eut un lever à son retour de Lyon, M. de Marcoff s'y trouva. Dès que Napoléon le vit, il entra dans une de ces fureurs auxquelles il est sujet; et lui dit très-haut :

« Eh bien! M. de Marcoff, qu'avez-vous appris dans les *Nouvelles à la main?* Si vous n'avez pas de meilleurs erremens à envoyer à votre cour que ceux que vous puisez dans ces misérables bulletins, elle sera bien informée » ! Puis, se tournant vers un officier général qui était près de M. de Marcoff : — « Étiez-vous à l'armée de Masséna quand il battit les Russes à Zurich » ? M. de Marcoff leva les épaules et se retira.

Un homme, entouré depuis long-temps de gens instruits et polis, au lieu de faire sentir une critique fine et délicate, ne se fait remarquer que par d'insolentes platitudes.

Pendant la guerre de Prusse, qui donna lieu au traité de Tilsitt, les bulletins du *Moniteur* surpassaient en méchanceté et en virulence ceux de la guerre d'Autriche. La reine de Prusse était injuriée de la manière la plus avilissante. Elle était accusée d'un amour criminel avec l'empereur Alexandre, que l'on traitait de parricide, de barbare, de cosaque, etc.

On ne se borna pas à cela, il parut dans le *Moniteur* des lettres prétendues interceptées et censées écrites par les sujets les plus fidèles du roi de Prusse, dans lesquelles on représentait la conduite de leurs majestés prussiennes sous les plus odieuses couleurs; sans doute dans le dessein de semer les dissensions dans le pays, aussi-bien qu'entre le roi et la reine.

Pendant les négociations de Tilsitt, Napoléon envoya au général Beningsen la croix de la légion d'honneur, et témoigna le désir de le voir; celui-ci refusa *l'un et l'autre honneur*. Pour s'en venger, Napoléon donna ordre qu'on arrêtât et conduisît à Paris la mère du général, femme alors âgée de quatre-vingts ans, qui demeurait à Zell dans l'électorat de Hanovre, où son fils est né. Des gendarmes furent placés chez madame Beningsen; la peine que lui firent les mauvais traitemens et l'épouvante que lui occasionnèrent les préparatifs que l'on faisait pour l'emmener, la firent mourir avant le départ : ses biens furent confisqués. Le général Beningsen les réclama ensuite, mais inutilement.

Que peut-il y avoir de sacré pour un homme né dans la rébellion, élevé dans le brigandage, assassin par penchant, par habitude et par système ?

Avant que l'ambassadeur anglais eût quitté Paris, l'*Argus* publia, le 10 mai 1803, un article perfide.

« Nous apprenons, disait l'*Argus*, que les Anglais, qui sont à Paris, se hâtent de le quitter, d'après le départ annoncé de lord Whitworth.

» Nous sommes autorisés à déclarer que les craintes des Anglais sont sans fondement ; ils verront que le gouvernement français protégera les individus de cette nation qui désirent rester en France, beaucoup mieux que n'aurait pu le faire leur ambassadeur. Ils devraient savoir que la France n'est plus gouvernée par un Roberspierre ou par un système de terreur ».

« En 1806, à Berlin, Napoléon a rendu un décret où on lit :

« Tout individu sujet de la Grande-Bretagne
» sera fait prisonnier partout où on pourra le
» trouver.

» Tous les biens appartenant à des Anglais se-
» ront confisqués, et le montant en sera remis à

» ceux qui auront perdu, par la détention de leurs
» vaisseaux par les Anglais ».

A Hambourg, ville neutre, des familles anglaises, hommes, femmes et enfans, furent arrêtés et conduits dans les prisons de France. Ainsi, ceux qui crurent à la protection que Napoléon avait promise à des sujets anglais, furent tous prisonniers de guerre, par un décret qui comprenait les femmes et les enfans à l'école.

Les bâtimens qui échouaient sur les côtes de France, étaient déclarés de bonne prise. On a beaucoup parlé de la cruauté de Maximilien Robespierre; comparons sa conduite, dans une occasion semblable, avec celle de Napoléon.

Dans le temps du comité de salut public, un transport anglais ayant quitté l'Allemagne avec quelques émigrés français, parmi lesquels étaient les ducs de Choiseul et de Montmorency, fut jeté à la côte près de Calais. Les malheureux émigrés furent mis en prison et jugés par une commission militaire. Ils furent tous acquittés par ordre du gouvernement exécutif, d'après le principe que le naufrage venait de Dieu, et que de condamner des gens à mort pour être venus en France malgré eux, serait violer non-seulement la loi des nations, mais encore celle de l'humanité.

Lorsque les troupes françaises entrèrent à Neuchâtel, elles y trouvèrent plusieurs ballots de marchandises anglaises et autres, appartenant soit aux habitans de Neuchâtel, soit à des négocians de Bâle. Ces marchandises furent toutes saisies par les troupes françaises, et vendues publiquement, comme appartenant à des négocians anglais.

Une députation de Bâle et de Neuchâtel se rendit à Paris pour réclamer : leur réclamation les fit mettre au Temple pour trois mois. Voilà les moyens de persuasion que Napoléon se servait pour convaincre des députés de la bonté ou de la justice de sa cause.

Les négocians des villes anséatiques et de Leipsick ont été exposés aux vols les plus inouis, sous prétexte que les objets de manufacture anglaise trouvés chez eux appartenaient à des négocians anglais.

Lorsque les Français entrèrent à Leipsick, après la bataille d'Iéna, des marchandises achetées en Angleterre, payées par les négocians de Léipsick, furent confisquées comme propriétés anglaises.

A Hambourg, à Bremen, à Rostock et à Weimar, toutes villes neutres, on saisit comme anglaises les marchandises appartenant aux négocians de ces villes et payées depuis long-temps; et on leur fit encore payer une amende pour avoir trafiqué en marchandises : lorsque l'amende eut été payé, on envoya un nouveau gouverneur, et les négocians de ces malheureuses villes anséatiques eurent à en payer une nouvelle : ces extorsions se répétèrent, dit-on, jusqu'à trois fois.

Il avait établi un conseil des prises, ou plutôt tribunal, pour exécuter ses terribles décrets. En suivant ses actions, nous le voyons en tout semblable aux jacobins. Lorsque la guerre éclata entre la Prusse et la France, au-delà de deux cents bâtimens prussiens furent mis sous l'embargo, en attendant qu'ils fussent condamnés. Il fut prouvé que tous ces bâtimens étaient propriété hollandaise, et, malgré cela, ils furent tous condamnés.

Il a converti, dit-on, de ses gendarmes en voleurs de grands chemins; il les a chargés d'assassiner les courriers des ambassadeurs, de voler leurs dépêches; il a fait forcer les bureaux et les portefeuilles des ambassadeurs pour prendre leurs papiers.

L'usage des gouvernemens en Allemagne était d'envoyer les dépêches par un postillon de la poste qui les remettait à un postillon du relais suivant; ils épargnaient par là les frais d'un cheval et d'un courrier. Cette disposition facilita à Napoléon les moyens de faire arrêter et dévaliser les postillons; il s'est procuré, par ce moyen, beaucoup de dépêches; à la fin, les gouvernemens d'Allemagne découvrirent le véritable voleur.

Un messager anglais, Wagstaff, fut arrêté en

temps de paix près la frontière de Prusse. On mit le vol sur le compte de voleurs ordinaires; mais Napoléon se trahit lui-même, le 20 mars 1804, en publiant, dans le *Moniteur* de ce jour-là, la correspondance prise à Wagstaff. C'était une dépêche de lord Harrowog, secrétaire d'état, à l'ambassadeur d'Angleterre à Saint-Pétersbourg.

Son audace a été jusqu'à faire enlever des ambassadeurs. Sir George Rumbold, ministre accrédité de l'Angleterre à Hambourg, ville neutre, fut arrêté au milieu de la nuit; on enleva ses papiers, et il fut conduit à Paris, tout cela par ordre de Napoléon, dont l'intention était de le faire juger, condamner et fusiller comme le duc d'Enghien.

Les représentations du ministre de la police et du prince de Bénévent empêchèrent que le meurtre de sir George Rumbold ne fût ajouté au catalogue des crimes de Napoléon.

Napoléon admettait comme moyens politiques la fraude, la violence, la perfidie, la trahison, la ruse, le vol et l'assassinat, pour arriver aux résultats qu'il se proposait d'obtenir.

Il a envoyé à Venise plusieurs ingénieurs : l'un avait la qualité d'*agent commercial,* un autre celle de *vice-consul,* etc. Trois furent découverts levant la carte du pays, et envoyés en prison à Venise.

Le *Moniteur* du 25 juillet 1805 rendit compte de leur arrestation, et fit les réflexions suivantes :

« Un conseiller aulique d'Autriche a été arrêté à Paris par ordre du ministre de la police, par forme de représailles de l'arrestation de trois vice-agens commerciaux, et d'autres sujets français, sur le territoire autrichien. Ceci prouvera au gouvernement autrichien qu'il ne violera pas impunément le droit des gens ».

Napoléon fit mettre dans les journaux que le comte de Narbonne était arrivé à Prague pour le congrès, et avait apporté dans cette ville sa vaisselle plate pour faire croire qu'il devait y résider long-temps : c'était un jeu pour duper les Français sur ses véritables intentions. Il n'envoya son ambassadeur que quinze jours après l'époque fixée pour la réunion des plénipotentiaires.

Il ne fallait rien moins que tous les crimes de Napoléon et les malheurs des peuples, pour obliger son beau-père, que chacun de ses sujets bénit tous les jours d'avoir pour souverain, après qu'il avait donné sa fille dans l'espérance d'acquérir une longue paix, à faire la guerre à des membres de sa famille, afin d'aider à les détrôner : combien ce sacrifice a dû être pénible à son cœur contre des personnes à qui il donne journellement des preuves de tendresse !

Les bons souverains sont toujours prêts à sacrifier les intérêts de leurs proches, quand ils sont en opposition avec le bonheur du monde et de celui de leurs états.

Napoléon a suscité, par ses dernières entreprises contraires à l'ordre politique, des obstacles que, sans des événemens miraculeux, il ne pouvait plus surmonter, parce que l'amour de l'humanité n'a jamais été assez puissant chez lui pour triompher de ses passions, qui le rendaient d'une obstination invincible dans les affaires. Il a dit : *Ce n'est pas les Espagnols que je veux, mais l'Espagne.*

La conduite qu'il a tenue pendant les derniers momens qui ont précédé son exil de France, fait douter qu'il y ait une seule vertu dans son cœur. La religion ou l'humanité, qui auraient pu le défendre du dernier terme de la dépravation, en luttant contre le crime, lui ont toujours été étrangères. Il ne faut pas confondre une spéculation politique avec le véritable intérêt de la religion. Comment aurait-elle pu s'allier avec une passion féroce qui, toujours sourde à la voix de l'humanité, n'aspire qu'au moment de saisir cette palme, unique objet de tant de travaux et de crimes, quelqu'arrosée qu'elle soit de pleurs et de sang?

C'est sa cruelle ambition qui, sous les noms retentissans d'héroïsme et de gloire, a si constamment troublé le repos du monde, en suscitant entre des

nations paisibles d'éternelles causes de guerre :
c'est elle encore qui, trop souvent, hélas! a sou-
levé, au sein de ces mêmes nations, de violentes
tempêtes qui ont dénaturé les plus généreux sentimens, et qui ont brisé tous les liens des familles,
et qui, enfin, après avoir changé tout à coup les
meilleurs citoyens en ennemis prompts à s'entre-
déchirer, les ont rendus, vainqueurs et vaincus,
également victimes de leurs propres fureurs.

En Espagne la tyrannie a aigri tous les cœurs;
les plus grands périls se sont trouvés au-dessous de
la valeur des soldats; les habitans ont montré un
courage invincible : nobles, bourgeois, artisans,
laboureurs, prêtres, savans y sont devenus soldats
par les vexations. Les vieillards, les enfans, les
femmes surtout ont rendu dans les places des services qu'on n'attendait pas d'elles. Cette ligue a eu
pour but de repousser l'usurpateur, de maintenir
des droits légitimes, de garantir la liberté de l'univers, et d'éviter les oppressions et les violences de
l'ambitieux.

Ce n'a point été l'amour de l'humanité, mais la
soif de dominer qui lui a fait faire les grandes et
hardies entreprises guerrières qui faisaient la déso-
lation des peuples; semblables à ces torrens dont
les eaux impétueuses ravagent et ruinent tout.

Ceux qui croient que, pour faire un héros, il
ne faut que de l'audace et de l'intrépidité suivies

d'heureux succès, n'en ont aucune idée : il est bien vrai qu'il n'y a point d'héroïsme sans une extrême valeur, mais une extrême valeur se trouve souvent où il n'y a point d'héroïsme. S'il ne s'agissait, pour mériter le titre de héros, que de courir sans cesse de péril en péril, de s'y précipiter d'autant plus impétueusement qu'il paraît plus affreux, de voir sans inquiétude couler son sang, d'attendre sans pâlir la mort qui vient à vous, combien de pirates et de gladiateurs faudrait-il ériger en héros? Spartacus et Catilina firent des prodiges de valeur.

Gardons-nous donc bien de croire que l'on soit héros dès que l'on est conquérant; que traîner après soi le carnage et la fureur; que faire gémir dans les fers cent peuples désolés, en soit le caractère. Quel droit Napoléon, Attila et Tamerlan n'auraient-ils pas suivant cette idée à un si glorieux titre? Qui a jamais versé plus de sang que les premiers, et qui fit jamais de plus vastes conquêtes que le troisième? Aussi la fable ni l'histoire n'ont-elles jamais donné ce nom de héros, qu'à des hommes qui avaient débarrassé la terre de fléaux, et non à ceux qui, fléaux eux-mêmes, l'ont ravagée par les plus horribles cruautés; à des hommes qui ont affronté les plus affreux dangers pour en garantir les autres, et non à ceux qui n'ont surmonté que des périls où ils s'étaient jetés, en

attaquant les autres hommes, qu'ils voulaient injustement dépouiller.

C'est ce que sut un jour représenter à Alexandre,
un corsaire à qui il reprochait ses pirateries : Parce
que je n'ai, dit-il, qu'un petit nombre de bâtimens, je suis un misérable brigand, digne de
toutes sortes de supplices ; mais, si j'avais comme toi
une grande flotte, je serais comme toi un grand
conquérant.

L'idée du héros renferme donc une valeur sa-
lutaire, qui fait la terreur et le supplice des méchans, l'espoir et l'amour des gens de bien. La
justice seule lui met les armes à la main : il est
le protecteur des faibles, l'asile de l'innocence, la
ressource des malheureux. S'il attaque, ce sont des
ennemis qui menacent, et qui seraient trop puis-
sans s'ils n'étaient prévenus ; ce sont des voisins
remuans qu'il faut contenir, ou des furieux qu'il
faut désarmer : s'il porte les horreurs de la guerre
dans un pays, ce n'est que pour les éloigner du
sien ; ce n'est que pour forcer des peuples féroces
à désirer le paix : s'il subjugue, ce sont des nations
inquiètes, qui mesurent leur droit à leurs forces et
à leur audace ; qui ne cessent de troubler le repos
des autres et qui ont besoin de frein et de lois
pour leur propre bonheur. Terrible dans le combat, il est modeste dans la victoire ; vengeur de sa
patrie il n'en est jamais l'oppresseur : aussi fier gé-

néral que bon citoyen, s'il commande aux troupes avec autorité, il obéit aux lois avec respect : aussi supérieur à sa sagesse qu'à ses ennemis par son courage, il n'est ni enivré des succès les plus heureux, ni étourdi des plus mauvais. Enfin comme il ne fait la guerre ni pour s'enrichir, ni pour s'agrandir, sa fortune particulière ne reçoit aucun accroissement par ses triomphes : la patrie en est plus florissante et plus tranquille. A cet heureux mélange de vertus, on conçoit aisément combien la gloire des héros est difficile à obtenir.

Mais si nous consultons l'histoire, nous verrons que le nombre des véritables héros est bien petit. A peine compte-t-elle un Sésostris dans l'Égypte ; un Épaminondas dans la Grèce ; un Curtius, un Paul-Émile, à Rome ; un Huniade, en Hongrie ; un Charlemagne, un Louis IX, un Charles VII, un Du Guesclin, un Henri IV, un Condé, en France. Je ne cite que des morts, de peur d'être suspect de flatterie en citant les vivans. Je propose des exemples dont le choix a toujours été libre, et je ne prétends point faire d'exclusion dont l'affectation serait ridicule et injurieuse.

Tous les genres de grandeur vont à l'âme des vrais Français ; ils aiment les héros, non point ceux qui ne tirent leur gloire que des malheurs de l'humanité, mais ceux que la destinée fait naître pour les adoucir, et pour qui des victoires éclatantes ne sont qu'un pis-aller nécessaire, un moyen terrible, mais quelquefois inévitable, de paix et de bonheur. Ils ne voient dans ce qui est grand qu'un objet qui cesse d'être tel s'il n'est utile. La nature ne semble donner les véritables héros à la terre, que pour rétablir l'équilibre du monde moral.

Napoléon donna le nom de conscription à ce que Roberspierre avait appelé réquisition. Quand Buonaparte avait besoin d'hommes, plusieurs de ses ministres étaient chargés d'écrire aux préfets et aux commandans de districts de fournir tel contingent. Il jouait la comédie de demander un sénatus-consulte. Lorsqu'il a menacé de répandre le sang, il l'a répandu ; et malheur à ceux de ses ministres ou de ses conseillers qui auraient voulu l'en empêcher.

Au défaut du frère absent, on prenait le frère présent (1). Le père répondait pour le fils, la femme pour le mari : la responsabilité s'étendait aux parens les plus éloignés, et jusqu'aux voisins. Un village devenait solidaire pour le conscrit qu'il avait vu naître.

Des garnisaires s'établissaient chez le paysan, et le forçaient à vendre son lit pour les nourrir, jusqu'à ce qu'il eût trouvé le conscrit caché dans les bois.

_____

(1) M. le comte de Châteaubriant.

Vous aviez un fils par ses infirmités, incapable
de servir, une loi de la conscription vous obligeait
à donner 1,500 fr. ; quelquefois le conscrit malade
mourait avant d'avoir subi l'examen du capitaine
de recrutement ; et parce que le conscrit avait été
vivant au moment de la déclaration, son père était
obligé de compter la somme sur le tombeau de
son fils.

Il restait encore quelques familles dont les enfans plus riches s'étaient rachetés ; ils se destinaient
à former un jour des magistrats, des administra-
teurs, des savans, des propriétaires, si utiles à
l'ordre social dans un grand pays : par le décret des
gardes d'honneur on les a enveloppés dans le mas-
sacre universel.

Dans la dernière campagne, il a fait une levée
seule de trois cent mille hommes, sans compter
les gardes nationaux qu'il a fait entrer en campagne.

Après son retour de Russie, il a fait faire, au
corps législatif un rapport de l'état ou situation de
la France, où on a tenté de prouver, par des sub-
tilités de raisonnement très en vogue sous son
règne, que la population était augmentée depuis
quelques années ; et nous avions sous les yeux le
veuvage prématuré des femmes, le célibat forcé
des filles. Ceux même qui auraient pu croire que
la population était plutôt augmentée que diminuée,

pouvaient-ils trouver là une raison pour oublier ou être insensibles à la fin malheureuse de notre belle armée, que Napoléon avait menée en Russie pour s'emparer de cet empire?

Son esprit de domination se bornait à justifier ses entrepises par des raisons apparentes, qui ont.inventé des sophismes ou raisonnemens politiques pour et contre sur le même sujet : sophismes souvent assez plausibles pour séduire la raison humaine.

Par son esprit dévastateur, il aurait fait de la France une vaste solitude, au lieu d'en faire le bonheur par la richesse des habitans et par leur nombre, qui seuls peuvent la rendre florissante.

Des hommes mariés, qui s'étaient crus exempts de la conscription parce qu'ils n'étaient pas tombés au sort, furent obligés de marcher : on leur a dit pour toute réponse à leurs représentations : *Marchez toujours, vous réclamerez après.*

On ne donnait que vingt-quatre heures aux conscrits désignés, pour quitter leurs parens et se rendre à l'armée et au combat sans avoir appris à se servir d'une seule arme. S'ils avançaient, on les mitraillait; s'ils reculaient, on les sabrait; s'ils tombaient, on les écrasait; s'ils fuyaient, on les décimait; s'ils se présentaient avec une honorable blessure, et qu'on ne vît pas un grand déchirement, on se riait de leurs douleurs. Un commandant de

place les persiflait, les maltraitait même : obte-
naient-ils de sa générosité ou de son caprice un
billet d'hôpital ; la peste et la faim les attendaient.

Des monceaux de soldats mutilés, jetés pêle-
mêle dans un coin, restaient quelquefois des jours
et des semaines sans être pansés : il n'y avait plus
d'hôpitaux assez vastes pour contenir les malades
d'une armée de sept ou huit cent mille hommes ;
plus assez de chirurgiens pour les soigner ; point
de pharmacie, point d'ambulance, quelquefois
même pas d'instrumens pour couper les membres
fracassés. Dans la campagne de Moskou, faute de
charpie on pansait les blessés avec du foin ; le foin
manqua !

La peste militaire, qui avait disparu depuis que
la guerre ne se faisait plus qu'avec un petit nombre
d'hommes, cette peste a reparu avec la conscription. En Allemagne, en Espagne, en France, etc.,
on a vu que le grand encombrement d'hommes a
déterminé des maladies contagieuses suivant les
causes qui y ont concouru ; elles ont eu lieu partout
où il s'est livré des batailles ; lorsque nous étions
vainqueurs à Iéna, des militaires sont restés quarante jours sans être pansés.

Les familles étaient errantes, les maisons étaient
abandonnées, les travaux étaient interrompus, la
terre était sans culture et sans moissons, le mépris
de la vie succédait à la consternation.

Pendant l'armistice, lors du congrès de Prague, M. Eve, chirurgien en chef de plusieurs ambulances établies à Dresde, n'avait pour toute nourriture que des carottes à donner aux malades. Il a remarqué qu'il mourrait dans une seule ambulance jusqu'à quatre-vingts soldats par vingt-quatre heures; on comptait journellement, terme moyen, pour tous les hôpitaux, six cents morts.

Les chirurgiens, chargés du service des ambulances, échappés aux maladies épidémiques, inévitables lorsqu'on est obligé de réunir beaucoup d'individus dans un lieu dont l'espace n'est point proportionné au nombre des malades ; maladies qui ont fait d'autant plus de ravage que la nourriture était mauvaise , que la température était chaude et humide; estiment, dans la campagne de 1813 , à cinquante mille hommes le nombre des soldats morts dans les hôpitaux de Dresde.

Sur toutes les lignes d'évacuation, depuis Moskou jusqu'au sein de la France , les maladies contagieuses régnaient. M. Larrey , aussi distingué par ses talens que par ses longs travaux, se portait d'un lieu dans un autre pour faire enterrer les morts que l'on abandonnait à la putréfaction ; ce même chirurgien dans la retraite de Leipsik, a pris ses appareils dans les chemises des blessés.

Depuis le Rhin jusqu'à Dresde, on comptait déjà

au mois d'août 1813, trente-cinq mille malades
dans les hôpitaux. On laisse à juger combien ce
nombre dut s'accroître par l'arrivée de cette foule
immense d'*enfans soldats* que l'on envoyait au
feu sans avoir appris la manœuvre; ils tombaient
sous les foudres de la guerre en gémissant après
leurs pères et mères.

Dans Mayence, les hôpitaux, les églises, les
lycées, les douanes, les magasins étant bientôt
insuffisans, on eut recours aux maisons des particuliers. Quinze mille malades, d'après le vœu des
habitans, furent logés, soignés chez les bourgeois,
et l'arrivée des bateaux ne se ralentissait pas; on
vit, pendant quatre-vingt-seize heures, les rues
encombrées de mourans : les uns expiraient sur les
degrés extérieurs, en attendant qu'un cadavre fût
enlevé de la maison; les autres, étendus au coin
des bornes, avaient perdu l'espoir de rendre le dernier soupir sous un toit hospitalier. Le râle de la
mort s'entendait à chaque pas; la ville n'était que
fange, l'air était infecté.

Sur la chaussée, des chevaux ruinés, écorchés,
d'une maigreur extrême, n'ayant ni fourrage,
ni litière, tombant d'épuisement! des caissons
brisés, des affûts sans canons, des fourgons renversés, des gémissemens; des sanglots, des impré-
cations; un temps affreux! Sur la place d'armes

enfin, des régimens entiers bivouaquant dans la boue!

On recevait des blessés qui n'avaient point été pansés depuis Leipsick, nonante-deux lieues de distance; leurs plaies étaient gangrénées au point que les vers y pullulaient, et perçaient même à travers l'appareil.

Par le grand encombrement, une épidémie épouvantable se déclara d'abord dans les hôpitaux et ensuite dans la ville. Le préfet en mourut, un nombre effrayant succomba.

Du 7 au 20 novembre 1813, il mourait à Mayence jusqu'à cinq cents individus par vingt-quatre heures, le huitième environ de bourgeois. On trouvait dans chaque carrefour des corps inanimés, que les habitans voisins venaient y déposer; personne pour les enlever. Hors la ville, on apercevait dans le cimetière une quantité si prodigieuse de cadavres amoncelés, qu'elle excédait la hauteur des murs d'enceinte. On paya jusqu'à soixante francs par jour des fossoyeurs: ils périrent tous. Le Rhin devint alors la tombe générale.

L'intendance de l'armée n'avait aucune somme à sa disposition pour les ambulances. Dans ces temps de malheurs on requit les voitures de transport et celles de luxe cachées pour faire évacuer les soldats malades, d'où résulta un déluge de maux qui inonda la moitié de la France. Landau, Spire, Vissembourg, Lauterbourg, Hagueneau, Saverne,

Phalsbourg, Nancy, Metz et tant d'autres villes furent vouées au deuil. Sans être prévenu au mois de novembre on recevait jusqu'à quarante, même cinquante voitures de blessés et malades par jour, qui venaient des bords du Rhin, on les mettait jusques dans les écuries, on en trouvait de morts sur les voitures, d'autres mouraient quelques heures après leur arrivée; les habitans depuis le riche jusqu'au pauvre, tous s'empressaient à leur offrir bouillons, pain, pâtisserie, vin, eau-de-vie, eau de riz, etc. Tous les chirurgiens et les citoyens qui les ont plus ou moins fréquentés furent malades, beaucoup succombèrent à la maladie. Les gîtes d'évacuations présentaient un état affreux (1).

A Paris, on ne recevait plus de bourgeois dans les hôpitaux, les indigens malades mouraient dans leurs réduits sans secours. Lorsque les hospices furent encombrés de blessés, on mettait ceux qui survenaient dans des marchés qui n'étaient destinés qu'à les recevoir, tels que les abattoirs. De Paris on faisait évacuer les malades sur la route de Nor-

---

(1) *Un gîte d'évacuation* était un local disposé pour recevoir les malades ou les blessés pendant une nuit. On a choisi pour cet usage, des chambres, des salles spacieuses, souvent même des granges et des écuries. Il n'y avait point de lits, mais seulement de la paille. Il en était de même, des ambulances.

mandie. Les maires ne pouvaient plus trouver assez de place pour les mettre, ils les envoyaient dans les villages voisins, où ils restaient plus ou moins long-temps sans aucun secours de chirurgié.

Le malheureux militaire, qui était à peine vêtu, venait de faire huit ou dix lieues sur une charrette découverte, dans la saison la plus rigoureuse; il arrivait souvent que dans les gîte où on le mettait il n'y avait ni cheminées ni poêles, ni de nourriture préparée.

Il y avait des villages où, lorsqu'un transport de malades passait, on tintait la cloche; à ce son les uns apportaient de la soupe au lait à ceux qui avaient la dyssenterie; les autres des pommes crues aux fiévreux; une femme donnait de la galette chaude à un convalescent affamé; une jeune fille du vin pur à un scorbutique; un enfant de la viande au moribond, à qui la maladie ne permettait de prendre qu'un bouillon coupé. Le lendemain, huit, douze, quelquefois quinze de ces militaires n'existaient plus.

Il arrivait souvent que les malades attendaient pendant la nuit sur la route les autres voitures de relais et on était au mois de décembre; les paisibles habitans étaient vexés et écrasés de toutes parts par les corvées.

Les transports arrivés aux gîtes, les voituriers descendaient des chariots ces malheureux, transis de froid; la gaucherie, la maladresse pardonnables à des paysans fort étrangers au métier d'infirmiers, faisaient pousser des cris à ceux récemment amputés ou ayant des membres fracturés, fracassés. Un bandage se relâchait, une éclisse se rompait, une hémorragie se manifestait : point de chirurgien pour l'arrêter ! Ceux qui demandaient à manger, on se contentait de leur dire qu'ils auraient la soupe le lendemain de bonne heure.

On les laissait ainsi sur la paille, dans des salles basses, souvent humides, sans feu, sans lumière, crainte d'incendie ; toujours ouvertes, afin de laisser renouveler l'air qu'ils corrompaient ; pas un être ne veillait près d'eux. Dans ces occasions les esprits sont affectés de la crainte la plus vive ; tous les efforts et le dévouement des chirurgiens pour relever le courage, sont inutiles. Les jeunes gens que la faculté envoya à Metz et à Mayence, y périrent presque tous. Personne n'osait plus exposer sa vie ; on les regardait et on les traitait comme des pestiférés.

Au petit jour, un tambourineur implorait la générosité des habitans qui, vers neuf à dix heures, distribuaient eux-mêmes ce qu'ils avaient apporté. Si le nombre des chariots requis n'était pas complet, on entassait les malades dans chaque voiture, parce qu'il fallait faire place à l'évacuation qui allait arriver.

Après quatre heures de route, par le givre ou la pluie, par le froid vif ou le brouillard épais, les malades aperçoivent un clocher, un doux espoir vient bercer leur âme. Chacun ouvre son cœur à la plus douce émotion. On entre dans ces murs si désirés, on arrive à l'hospice... Pas une seule place, les corridors même sont remplis; dans la ville, tous les lieux, dit-on, sont retenus, jusqu'aux écuries et étables, pour six mille conscrits qui vont à l'armée. Le jour baisse, le froid redouble; encore six lieues pour arriver la nuit au premier *gîte d'évacuation*, où les enfans de la patrie trouveront plutôt du fumier que de la paille pour se coucher.

En vain les voituriers exposent qu'ils ne doivent point aller au-delà du lieu de leur destination, que leurs chevaux, qu'eux-mêmes... Inutiles observations; il faut partir; c'est l'ordre du commandant de la place. Les conducteurs obéissent, les malades se désolent. Au premier hameau, les charretiers, en murmurant, s'arrêtent, donnent l'avoine à leurs chevaux, et entrent au cabaret.

Les militaires sont restés dans les voitures; la neige tombe à gros flocons; on appelle long-temps en vain; on élève la voix de l'indignation. Une heure s'est écoulée, enfin les voituriers sortent, jurent, tempêtent, accusent les soldats d'être la cause des nombreuses et ruineuses réquisitions; ils leur reprochent les maux de la guerre, et disent que leur servile obéissance empêche une paix né-

cessaire. Injures réciproques ; les conducteurs ont
bu, ils sont irascibles, leur colère éclate, les chevaux s'en ressentent : frappés à coups redoublés, ils
partent au galop, et les voitures vont un train de
poste, sur un chemin raboteux : d'épouvantables
plaintes retentissent. Des cuisses, des bras cassés
luxés, sont heurtés, ébranlés par d'horribles cahots.
L'un de ces cahots est si violent, qu'il jette à terre
deux malades placés à l'extrémité de la dernière
voiture : trois blessés envient leur sort ; et pour
mettre fin à des tortures inouïes, s'efforcent eux-
mêmes de tomber !... Les conducteurs montés sur
leurs chevaux, ne voient rien, entendent ou n'entendent pas les cris, les voitures ne s'arrêtent point.
Cinq malheureux restent abandonnés sur le chemin à neuf heures du soir !

Ceci ne paraîtra pas surprenant pour ceux qui
ont vu vingt fois conduire au grand trot des
fourgons d'ambulance pleins de blessés. N'a-t-on
pas vu, je frémis en le rapportant, immédiatement
après la bataille de *Lutzen*, toute la maison, dite
de l'empereur, composée de plus de soixante voitures, traverser ventre-à-terre le champ de bataille,
fouler aux pieds des chevaux, écraser sans pitié les
blessés français ; (il n'y avait que des Français, parce
que le mouvement de concentration des alliés fut
fait avec tant d'ordre et d'habileté, qu'on ne trouva
pas après eux un seul des leurs).

Des cris déchirans, des corps mutilés, se roulaient pêle-mêle, se hâtaient de traîner après eux leurs membres en lambeaux, cherchaient encore la vie sur le champ de la mort; l'effroyable craquement des os et des crânes, le sang et les cervelles jaillissaient jusques sur les écuyers, qui n'ont pas ralenti leur course meurtrière; il y avait des valets de Napoléon qui l'imitaient.

Des rouliers d'auprès de Troyes conduisaient des blessés à Nogent, ils furent renvoyés d'hôpital en hôpital, de gîte en gîte; ils se concertèrent; sous le prétexte de faire rafraîchir leurs chevaux, ils déchargèrent eux-mêmes les blessés dans une ferme dévastée, déserte, éloignée de la grande route, et disparurent pendant la nuit.

Tous ces militaires délaissés avaient de graves blessures, la plus grande partie d'entr'eux ne pouvait bouger, l'autre se traînait avec peine jusqu'à la porte d'entrée; ils n'aperçurent pour comble de malheur qu'une très-grande plaine et quelques habitations au loin. Un soldat, rempli de courage et ayant un pied fracassé, rassembla et noua plusieurs cravates, forma ainsi une espèce d'écharpe qu'il pendit à son cou et dans laquelle il passa et suspendit sa cuisse; s'appuyant alors sur deux bâtons inégaux, il fit très-péniblement un long trajet, avant de parvenir à la première maison pour y implorer du secours.

Cet usage si fréquent des voitures de réquisition, forçait les fermiers à soustraire leurs chevaux; les voitures demandées n'arrivaient pas, les
malades ou blessés restaient tantôt deux et trois
jours dans une ambulance où ils manquaient·de
tout, tantôt ils surchargeaient un hôpital où il n'y
avait rien.

Dirigeait-on une évacuation de Nangis sur Brie,
elle allait à Meaux, parce que les voituriers requis
étaient des environs de cette dernière ville, et que
d'ailleurs en se rendant à Brie, ils avaient à redouter d'être sur-le-champ et de nouveau requis pour
Melun, à Melun pour Corbeil, à Corbeil pour
Paris, requis encore pour porter du pain à Pro-
vins ou à Troyes.

Des voituriers ne devant conduire une évacuation qu'à cinq lieues, ont été absens vingt jours
de leur commune. Beaucoup, comme du temps
des réquisitions de Roberspierre, ont abandonné
chevaux et voitures.

Il y a eu des gens qui tiraient des voitures ceux
des malades ou blessés qu'ils jugeaient au coup-
d'œil n'être que des *calins;* c'étaient ordinairement
ceux que la fatigue, le chagrin ou l'épuisement,
mettaient dans l'état de marasme; ils expiraient
sur les chemins, aux portes des autorités militaires
qui refusaient de les entendre, ou à celles des hôpitaux qui ne pouvaient les recevoir. Ceux qui avaient

encore la force de se traîner périssaient ce misère et de désespoir, ils communiquaient l'épidémie aux habitans.

A Nogent, dans le mois de février, on avait été obligé de renoncer à la sépulture ; toutes les nuits on jetait dans la rivière quarante à cinquante cadavres ; les bourgeois avaient fui. Le peu de maisons épargnées par les flammes n'avaient ni portes ni fenêtres, chacune de ces maisons était un hôpital ; les malades, les blessés s'y retiraient ; beaucoup sont morts ignorés.

La foule se portait sur les ponts de Montereau, de Melun, de Corbeil, de Choisy, pour contempler des corps flottans et hideux.

On rapporte qu'entre Essone et Corbeil, un pêcheur, père de quatre enfans, en avait trois à l'armée ; le quatrième, trop jeune encore, était avec lui ; tous deux dans un batelet s'occupaient à jeter un filet ; un noyé, suivant le fil de l'eau, vient se heurter contre le petit bateau : il s'arrête ; le pêcheur prend sa rame pour l'éloigner ; le corps était couché sur le dos, le visage peu défiguré s'offre à ses yeux ; le malheureux vieillard reconnaît l'un de ses trois fils. Navré de douleur, il a cependant le courage de ramener ses tristes restes jusqu'au rivage, il les fait inhumer : trois jours après, lui-même meurt par suite de son saisissement.

Dans un hospice civil, des infirmiers ensevelissaient un soldat décédé le matin. L'un d'eux, en se hâtant de coudre le suaire, pique fortement le prétendu mort, qui s'agite aussitôt, et laisse entendre un long gémissement. Les infirmiers effrayés d'abord s'empressent de couper le linceul; le militaire a été remis dans un lit et il a recouvré la santé.

Dans la plupart des hôpitaux on tenait une *feuille numérique* qui indiquait le nombre des évacués, le lieu de leur départ, et celui de leur destination, au lieu d'*états nominatifs* qui auraient désigné les nom, prénoms, âge, lieu de naissance, etc., de chaque individu.

Le plus grand nombre des conscrits et des gardes nationaux n'avaient pas conservé leur feuille de route, parce qu'ils n'en connaissaient pas l'usage. On les questionnait pour les inscrire sur le registre d'entrée. Les uns, accablés par le mal, ne répondaient rien; d'autres parlaient un patois presque inintelligible. Il est arrivé qu'en demandant à des Bretons leur nom, ils répondaient : *Finistère ;* leur âge, *Garde national;* leur commune , *Premier bataillon.* Ils croyaient avoir retenu ce qu'il fallait répondre!

Que de désagrémens pour beaucoup de parens, faute d'extraits mortuaires!

Les Francfortois séparèrent le chef ambitieux

de la nation asservie. Les Français, accablés par l'affreuse misère, leur devinrent chers. Plusieurs officiers français blessés à Hanau, et hors d'état d'être transportés à Mayence, se virent forcés de rester chez quelques habitans ; nos braves se désespèrent ; les troupes alliées prirent possession de la ville ; ces mêmes officiers sont traités et rétablis secrètement ; ils sont conduits jusqu'aux portes de Cassel, sous divers déguisemens ; de l'argent leur a été offert et prêté. Ces actions ont été connues de tout le quartier général.

Nos chirurgiens et médecins, durant toutes ces maladies épidémiques, ont donné les preuves d'un courage calme au milieu des horreurs de ce fléau dévastateur, ils ne craignaient ni les dangers, ni la mort. Il leur était indifférent d'entrer dans les hôpitaux infectés ou non infectés.

M. Desgenettes, aussi recommandable par son courage que par ses lumières, après avoir reconnu les signes distinctifs de la peste qui a désolé l'armée d'Orient en 1798, pour empêcher que la multitude soit instruite de l'imminence et de la gravité du danger, et que l'épouvante générale ne la développe soudain avec violence, ce qui aurait livré l'armée à toutes les exagérations de la frayeur (les affections tristes, le découragement et la peur sont des causes débilitantes qui disposent très-puissamment à contracter la contagion de la peste);

« Ce fut, dit M. Desgenettes, pour rassurer les imaginations et le courage ébranlé de l'armée, qu'au milieu de l'hôpital je trempai une lancette dans le pus d'un bubon appartenant à un convalescent de la maladie au premier degré, et que je me fis une légère piqûre dans l'aîne et au voisinage de l'aisselle, sans prendre d'autres précautions que celle de me laver avec de l'eau et du savon qui me furent offerts. J'eus pendant plus de trois semaines deux petits points d'inflammation correspondant aux deux piqûres, et ils étaient encore très-sensibles, lorsqu'au retour d'Acre, je me baignai en présence de l'armée dans la baie de Césarée ».
(*Journal d'Observations de M. Desgenettes*).

Quel tableau, d'ailleurs, présente un hôpital encombré de pestiférés! un air impur et contagieux, l'inspiration des vapeurs fétides, la terreur, la tristesse; la pénurie des objets nécessaires à tant de malades, la dureté des gens de service qui semblent s'aigrir par l'aspect même de tant d'horreurs; l'attention du médecin partagée entre un si grand nombre de malades, ou plutôt de mourans; des médicamens donnés à la hâte et avec une sorte d'uniformité; partout l'image de la douleur, du désespoir et de la mort.

Les personnes qui désireraient connaître de plus longs détails sur le service de santé des armées, pourront lire : *Les Sépulcres de la grande ar-*

mée, ou *Tableau des hôpitaux pendant la dernière campagne de Buonaparte,* à Paris, chez Eymery, rue Mazarine, n°. 30, 1814.

Il n'est personne distingué par ses talens, que je sache, qui prenne le moindre intérêt à un homme tourmenté par l'ambition, et qui s'afflige pour lui de l'avoir vu devenir victime des catastrophes amenées par ses passions.

Quelque grave que soit sa chute, on y applaudit, et on se réjouit de ses espérances trompées, parce qu'on sent qu'il ne tenait qu'à lui de s'arrêter et de ne pas s'exposer à tomber; enfin parce que chacun croit avoir un ennemi de moins à craindre, et qu'il inspire le mépris et l'horreur par l'abus qu'il a fait de ses facultés.

La paix si utile à la France était désirée vivement par le Corps-Législatif; le Sénat même a élevé la voix pour l'obtenir; le continent, le monde entier la réclamait, et il s'est montré insensible au vœu de tous.

L'imagination le dominait, ses principes reposent si peu sur les élémens de la religion, de la raison, ou sur les phénomènes de la nature, ou sur la force des événemens, qu'il croit à la prédestination et aux diseuses de bonne aventure.

Buonaparte, général en chef, a écrit, du quartier général du Caire le 6 thermidor an VI, au directoire exécutif.

« Le général Muireur, malgré les représentations de la grand'garde, seul, *par une fatalité
que j'ai souvent remarquée accompagner les
hommes qui sont arrivés à leur dernière heure,*
a voulu se porter sur une monticule à deux cents
pas du camp : derrière étaient trois Bédouins qui
l'ont assassiné.

Le 2 fructidor, Buonaparte a écrit de nouveau
une lettre au directoire exécutif, où il a rendu
compte de la bataille qui a eu lieu le 14 du mois
précédent, qu'avait soutenue devant Albukir l'escadre française commandée par l'amiral Brueys,
qui y a perdu la vie. Buonaparte a terminé sa lettre
en disant : *Les destins ont voulu dans cette cir-
constance, comme dans tant d'autres, prouver
que, s'ils nous accordent une grande prépondérance sur le continent, ils ont donné l'empire
des mers à nos rivaux. Mais, si grand que soit
ce revers, il ne peut pas être attribué à l'incons-
tance de la fortune, elle ne nous abandonne
pas encore ; bien loin de là, elle nous a servis
dans toute cette opération au-delà de ce qu'elle
a jamais fait.*

» Quand j'arrivai devant Alexandrie, et que
j'appris que les Anglais y étaient passés en force
supérieure quelques jours avant; malgré la tem-
pête affreuse qui régnait, au risque de me naufra-
ger, je me jetai à terre. Je me souviens qu'à l'ins-

tant où les préparatifs du débarquement se faisaient, on signala dans l'éloignement, au vent, une voile de guerre (c'était la Justice, revenant de Malte). Je m'écriai : *Fortune, m'abandonnerais-tu ? Quoi! seulement cinq jours!* Je marchai toute la nuit, j'attaquai Alexandrie à la pointe du jour avec trois mille hommes harassés, sans canons et presque sans cartouches; et dans les *cinq jours* j'étais maître de Rosette, de Demanhur, c'est-à-dire, déjà établi en Egypte. Dans ces *cinq jours,* l'escadre devait se trouver à l'abri des Anglais, quel que fût leur nombre : bien loin de là, elle reste exposée pendant tout le reste de messidor. Elle reçoit de Rosette, dans les premiers jours de thermidor, un approvisionnement de riz pour deux mois. Les Anglais se laissent voir en nombre supérieur pendant dix jours dans ces parages. Le 11 thermidor, elle apprend la nouvelle de l'entière possession de l'Egypte, et de notre entrée au Caire, *et ce n'est que lorsque la fortune voit que toutes ses faveurs sont inutiles, qu'elle abandonne notre flotte à son destin ». (Bulletin décadaire de la république française, deuxième décade de brumaire an VII).*

Si un hiver aussi rigoureux que celui de 1709 était survenu pendant qu'il prétendait faire le blocus des îles britanniques, les Anglais auraient pu subjuguer la France de la même manière que l'on s'empare d'une forteresse par la famine. Un homme qui ne croit qu'au destin, regarde comme inutiles toutes les précautions qu'un esprit éclairé et prévoyant peut prendre contre les événemens malheureux.

S'il a montré plus de résolution, dans les derniers temps, que la situation de la France ne le permettait ; c'est qu'il était semblable aux soldats qui ont pris une telle habitude du danger, qu'ils le voient désormais sans trouble et croient toujours lui échapper. La France est restée invincible, tant que les princes qui l'ont gouvernée, ont su se mériter l'amour des Français, qui l'a mieux défendue que les places fortes et les nombreuses garnisons que l'on entretient sur les frontières.

La cruauté de Napoléon était devenue insupportable : on était las de craindre et on l'a abandonné.

Pour former un empire durable et sûr, il faut non-seulement la force, mais aussi la justice, la douceur, la générosité. Il a fait des décrets sur les pensions, qui étaient plutôt une ruse pour se faire des partisans que pour dédommager les parens de ceux qui étaient morts victimes de son ambition.

Napoléon ordonna l'établissement d'un asile pour les veuves et les orphelins de ceux qui avaient péri à la bataille d'Austerlitz, et l'empereur devait en faire les frais. On rapporte qu'on sollicita pour une mère qui avait perdu son fils à Austerlitz. Un grand de la cour dit à celui qui faisait la demande, que, s'il lisait le décret impérial, il verrait qu'il n'y était question que des veuves et des orphelins ; et, ajouta-t-il en souriant, la plupart de ceux qui ont péri à Austerlitz étaient des conscrits qui n'étaient pas mariés : s'il fallait faire des pensions à leurs mères on n'y pourrait pas suffire ; le décret est conçu de manière à ce que nous n'aurons pas beaucoup de pensions à payer.

On voit, par toutes les annales de l'humanité, que les vices, quoiqu'ayant des succès qui leur sont propres, n'en eurent jamais que de passagers ; que la violence, la cruauté, la fraude, la corruption, retombent toujours sur leurs auteurs, à moins que les hommes ambitieux que ces vices ont élevés, n'aient pour se conserver mis des vertus en usage.

Si Napoléon était resté souverain, son esprit violent l'aurait empêché de profiter de ses fautes, il en aurait commis pendant tout le temps de sa vie : il sera même étonnant, après avoir si souvent failli et être tombé de si haut, de le voir avouer ses erreurs et mourir corrigé.

Après avoir par ses détestables et audacieuses tentatives subjugué le monde connu, il aurait parcouru tous les climats vers l'un et l'autre pôle, pour y trouver quelques continens à envahir, quelques îles à ravager, quelques peuples à dépouiller, à vexer, à massacrer.

Alexandre a éteint cette fureur, et nôtre reconnaissance transmettra son souvenir à la postérité, comme un des bienfaiteurs de la France et du genre humain. Il a usé de la plus grande énergie pour faire observer la discipline la plus sévère à ses troupes, et pour éviter tous les malheurs qu'une armée conquérante aurait pu occasionner; semblable à un de ses illustres ancêtres, Pierre Ier., à Narva, qui fut prise d'assaut en 1704, par les Russes : malgré les ordres qu'on leur a donnés, ils mettent tout à feu et à sang; Pierre Ier. se jette au milieu d'eux l'épée à la main, et leur arrache les femmes et les enfans qu'ils veulent massacrer. Il tue de sa main plus de cinquante de ces hommes féroces, que l'ivresse du carnage rend sourds à sa voix. Enfin il vient à bout de mettre un frein à la fureur et à la licence, et de rassembler ses soldats dispersés.

Le vainqueur, couvert de poussière, de sueur et de sang, se rend à l'hôtel-de-ville, où les principaux habitans se sont réfugiés. Son air menaçant et terrible effraye le peuple. Il pose, en entrant, son épée sur une table; et adressant la parole à la multitude consternée, qui attend dans le silence la décision de son sort : *Rassurez-vous*, dit-il; *ce n'est point du sang des citoyens que cette épée est teinte, mais de celui des Russes que je viens d'immoler à votre conservation.* (*Histoire de Pierre* Ier.).

Des Bourbons.

En 1789 on ignorait ce qu'un changement pouvait produire. Dans les grandes crises les imaginations s'exaltent, elles s'élancent hors de toutes les limites du possible et du vrai. Chacun, livré à lui-même, enfante des idées désordonnées au gré des passions qui l'agitent.

Louis XVI s'était élevé au-dessus des passions, ce qui le rendait supérieur à la haine, et le faisait triompher du cruel plaisir de la vengeance. Il n'avait point de joie plus pure que celle de pardonner. Ce n'était pas sur la reconnaissance qu'il mesurait ses soins et sa bonté, mais parce qu'il se croyait né pour faire le bien ; sentiment noble et désintéressé.

Plus on lui fait éprouver de mauvais traitemens, plus il se montre grand par la compassion qu'il a de l'aveuglement de ses sujets. Dans son procès, il opposait aux injures qu'inspirait l'esprit de parti entretenu par des gens qui avaient le cœur flétri par les maux attachés à la pauvreté : ils étaient envieux d'établir leur fortune sur la ruine des autres ; ils étaient toujours prêts à déchirer leurs semblables, fondant leurs espérances sur les troubles et les malheurs à venir : Roberspierre et ses

partisans ont rampé devant le peuple pour en obtenir la confiance ; ils devinrent insolens lorsqu'ils
se crurent en force, et cruels lorsqu'ils furent devenus tout-puissans : les associés d'un homme
atroce qui voulait d'abord être indépendant pour
dominer, ne pouvaient être bons : Louis XVI
opposait, dis-je, un grand courage, c'est-à-dire un
esprit calme et tranquille que lui donnaient sa cons-
cience et le témoignage de son cœur, qui l'ont
empêché de sentir les angoisses d'une mort pénible. Son jugement rendu, il plaignait encore ceux
de ses sujets qu'il voyait tyrannisés par leur empor-
tement à le persécuter. Il pense que c'est à la
bonté à surmonter l'ingratitude, quelque grande
qu'elle ait été; il s'est toujours montré généreux.
Il meurt faisant des vœux pour la prospérité de la
France, pour le bonheur des Français, et priant
Dieu de pardonner à ses bourreaux.

Les Français, sensibles à la vertu, consacreront
un jour de deuil par an à une victime qui, en aucun temps, n'a voulu renoncer aux sentimens les
plus purs du caractère français, pour se sauver, et
qui font le plus d'honneur à l'humanité.

Un jour serein, après de longs malheurs, nous
à rendu nos princes plus chers aux Français qu'ils
n'ont jamais été. Ils viennent nous protéger contre
les tempêtes de la politique.

L'autorité doit avoir assez de force pour déjouer

tous les partis, pour comprimer toutes les fac-
tions, pour en imposer à tous les ennemis, qui,
pour faire fortune, menaceraient son repos et son
bonheur.

Sa majesté recherche les hommes que leurs connaissances et leurs services rendent susceptibles
d'être employés dans les charges de l'état. Elle les
y appelle de son propre mouvement, donnant ainsi
une nouvelle preuve de son désir constant, de
voir les Français oublier leurs anciennes querelles,
et achever de se confondre dans le seul intérêt de
la patrie et du trône.

Les grands emplois sont de grandes servitudes ;
ceux qui remplissent dignement ces charges pénibles sont sans cesse détournés de penser à eux.
Dans une ville où il n'y aurait que des gens de
bien, dit Platon, il y aurait autant d'empresse-
ment à fuir le gouvernement, qu'il y en a ailleurs
à s'en emparer.

Notre prince nous donne des preuves de son
amour par une vigilance et une attention continuelles qui respirent également la grandeur, la
bonté et l'amour de son peuple.

Louis XVIII a déjà montré qu'il savait défendre
dignement la cause de la nation; la fermeté de
son caractère, ornée d'un cœur bon et juste, va
faire notre bonheur. Il a dit que, malgré son âge
et ses infirmités, il ferait la guerre et entrerait en

campagne si l'intérêt de la nation l'exigeait; les maréchaux, si dignes de commander à la valeur d'un peuple si distingué, ont répliqué au roi, qu'ils seraient les plus fortes colonnes de son trône.

Un bon chrétien ne peut être qu'un bon prince. Il cherche à se fortifier contre les tentations, en méditant les livres sacrés; les personnes de son rang ne sont responsables de leurs actions qu'à Dieu; et cette indépendance donne occasion à l'ennemi de leur félicité de leur tendre des piéges dangereux, contre lesquels ils ne peuvent être assez sur leurs grades.

Il y a des gens qui murmurent, dans la crainte que le roi n'accorde trop de puissance aux ecclé-siastiques sujets de l'état. Réfléchit-on bien à un bruit aussi invraisemblable? En ce cas, il faudrait que sa majesté élevât une autre classe de la société pour être opposée aux ecclésiastiques. Les minis-tres d'un dieu de paix ne peuvent point avoir la prétention d'influencer le gouvernement : prin-cipe contraire à l'Évangile. Le bonheur d'une na-tion résulte de l'harmonie de tous les individus qui la composent, de manière que, par la posses-sion naturelle des priviléges attachés à chaque rang, aucun ne doit être influencé par un autre, parce qu'on est ordinairement porté à juger et à ramener tout en faveur de son ordre ou de sa ma-

nière de penser, quelqu'intelligent et instruit que
l'on soit d'ailleurs. Si on ne s'est pas occupé de
l'art de gouverner, on s'aperçoit bientôt que les
affaires demandent des connaissances qui surpas-
sent celles que l'on a acquises d'après l'ordre des
études et des méditations que l'on a suivies. Si on
persiste, on crée des difficultés presqu'insurmon-
tables. Après avoir renversé toutes les idées reçues,
combattu toutes les méthodes et tous les modes
d'administration, on voit alors, mais trop tard,
que l'on n'est pas propre à prévenir le mal, ni à le
détruire. Le roi seul doit gouverner suivant les
lois, et entendre les réclamations de chacun.

Le gouvernement des Bourbons entretient des
sentimens de justice et de piété; il est avare du
sang des hommes; il respecte les droits des citoyens, les propriétés et les familles.

Dès que les Français, ou plutôt un petit nombre de factieux, ont eu secoué le joug de l'autorité
légitime, toutes leurs combinaisons n'ont plus été
que des inconséquences et des écarts de la raison.

Si une mauvaise philosophie ou l'esprit de ver-
tige a altéré les vrais principes dans l'âme, et aliéné
le cœur des Français ou d'une grande partie de la
nation contre une famille destinée par la providence à en être l'idole, hélas! sans le savoir, ils
formaient des vœux contre l'intérêt de leur propre
bonheur.

Les entreprises les plus périlleuses, les efforts les plus extraordinaires n'ont pu contrarier les lois fondamentales du royaume qui les appellent au trône. Ils expient maintenant leur erreur, en vouant à cette même famille un amour poussé jusqu'à l'adoration. Il n'appartient qu'à la nation française de réparer, d'une manière aussi franche, les égaremens passagers de son esprit.

C'est une erreur de faire naître la gloire de l'orgueil, de l'ambition, de la puissance ou de l'intrigue. S'ils imposent quelquefois aux hommes jusqu'à leur arracher quelques démonstrations d'admiration et de respect, ces démonstrations sont vaines, elles sont forcées et passagères. En un mot, la gloire pure et légitime dont brillent la plupart des grands hommes pendant leur vie, et qui immortalise leur mémoire, cette gloire naît du suffrage public, c'est-à-dire, du concours de tous les témoignages que chacun rend aux vertus distinguées et aux talens reconnus. La gloire est l'éclat qui est propre à la vertu : aussi notre roi, qui sait qu'elle en est inséparable, acquiert la gloire sans la rechercher et en jouit sans la mépriser ; il fait tout ce qu'il peut pour la mériter et rien pour l'obtenir, parce qu'il ne cherche qu'à faire le bonheur de son peuple. Napoléon courait sans cesse après la gloire qui le fuyait, comme si elle ne consistait qu'à éterniser son nom : son nom, qui passera à la postérité la plus reculée, ne sera qu'une longue infamie, en transmettant la mémoire de ses vices et de ses crimes. Un grand nom n'est une véritable gloire que quand il rappelle avec lui le souvenir, l'admiration, le respect et l'amour que mérite celui qui a su l'illustrer.

Napoléon haïssait les Bourbons, parce qu'il les avait violemment offensés, et qu'il était devenu criminel envers eux aux yeux de tous les hommes justes et vertueux. Pouvait-il rendre publiquement hommage à la conduite qu'a tenue cette famille depuis vingt-cinq ans, lui qui l'a persécutée d'asile en asile, et l'a forcée d'aller implorer une retraite en Angleterre, pour échapper à ses assassinats? Il est plus difficile de pardonner le mal qu'on a fait que celui qu'on a souffert.

Du Commerce.

Sous Buonaparte, des maisons de commerce très-anciennes ont failli par ses dispositions désorganisatrices. Beaucoup de marchands avaient introduit dans les affaires mercantiles sa politique astucieuse; on a vu des hommes de mauvaise foi devenir riches par des banqueroutes faites avec adresse. Avant la révolution, une maison qui aurait différé d'une heure de payer une lettre-de-change après sa présentation, perdait la confiance si précieuse parmi les négocians. Cette confiance nous a été ravie avec les Bourbons, elle revient avec eux.

Le commerce extérieur va être favorisé, l'état se débarrassera de ce qu'il ne peut consommer. Par la facilité de se défaire des marchandises, l'industrie des habitans va redonner du mouvement aux manufactures, de l'activité aux marchands, assurera l'existence des ouvriers, des matelots, et de tous les artisans dont le commerce étranger est comme l'âme et la vie, et procurera à l'état un riche fonds qui chargera peu le public, dans les droits d'entrée et de sortie, et dont les étrangers payeront la plus grande partie.

Partout où il y a du commerce il y a des mœurs douces. L'effet du commerce est de porter à la paix deux nations qui négocient ensemble ; elles se rendent réciproquement dépendantes : si l'une a intérêt d'acheter, l'autre a intérêt de vendre.

Le commerce est un des plus importans et des plus précieux avantages que nous ayons reçu de la nature : il rapproche des pays que de vastes mers, des montagnes inaccessibles, ou des déserts affreux semblaient avoir pour jamais séparés : il met en communauté de biens tous les peuples, et n'en fait, pour ainsi dire, qu'une même famille. Il communique à l'un des remèdes et des trésors que la nature semblait n'avoir réservés que pour l'autre ; il ramène l'abondance et la joie, où le dérangement des saisons avait jeté l'horreur et la stérilité. Par le commerce, la calamité qui désole un pays n'est funeste à personne, et la prospérité qui en favorise un autre, est utile à tout le monde.

Il y aura un plaisir infini à voir une foule de négocians ou commerçans qui, en s'enrichissant, grossiront le capital de la nation. Ils feront la fortune de leur famille, par l'entrée de tout ce qui nous manque, et par la sortie de tout ce qui nous est inutile ou superflu. Ils unissent les hommes par un trafic mutuel de bons offices ; ils distribuent les dons de la nature, ils occupent les pauvres, augmentent les biens des riches, et suppléent à la magnificence des grands.

C'est la guerre qui appauvrit nécessairement le trésor public. L'Italie, au seizième siècle, n'était riche que par le commerce (1). La Hollande n'eût pas subsisté long-temps, si elle se fût bornée à enlever la flotte d'argent des Espagnols, et si les Grandes-Indes n'avaient pas été l'aliment de sa puissance. L'Angleterre s'est toujours appauvrie par la guerre, même en détruisant les flottes françaises, et le commerce seul l'a soutenue. Les Algériens, qui n'ont guère que ce qu'ils gagnent par les pirateries, sont un peuple très-misérable.

---

(1) C'est au commerce que l'Espagne a dû ses plus beaux jours.

Combien ne nous ont pas coûté les armemens depuis vingt-cinq ans! Les trésors des églises, les domaines de la couronne, la plus grande partie des biens des hôpitaux, de la famille royale, les fondations des arts et métiers, les propriétés immenses du clergé, de la noblesse, de l'ordre de Malte et de plusieurs autres; la vente des propriétés des riches sur qui on a exercé des violences pour les dépouiller. Barrère a dit que la convention battait monnaie sur la place de la Révolution. Du vivant des parens des émigrés, on partageait leurs biens, pour que la nation prît la part qui serait revenue, après la mort des premiers, à leurs enfans. La guerre a nécessité une banqueroute du papier-monnaie, de plusieurs milliards. La vente des biens communaux, les impôts doublés ; tout cela n'a jamais suffi pour payer complètement les salariés du gouvernement.

En très-peu de temps, la guerre nous a rendus aussi malheureux que les nations que nous avions vaincues; c'est un gouffre où tous les canaux de l'abondance s'engloutissent: l'argent comptant, levé avec tant de peine dans les provinces, se rend dans les coffres de cent entrepreneurs. Les particuliers alors regardent le gouvernement comme leur ennemi, enfouissent leur argent, et le défaut de circulation fait languir le royaume.

Ce n'est pas uniquement la guerre qui décide de

la prépondérance des nations depuis quatre-vingts ans, le commerce y a beaucoup plus influé. Un peuple maritime a formé, pour ainsi dire, un nouveau système, et soumet par son industrie la terre à la mer. L'Angleterre a créé et développé ce vaste commerce, qui a pour base une excellente agriculture, des manufactures florissantes et les plus riches possessions des quatre parties du monde.

Les revenus de l'Angleterre ne sont pas fondés sur le produit de son sol, mais sur le produit d'un commerce immense. On remarque, dans les pays favorables au commerce, que la population y est ordinairement augmentée du double après vingt-cinq ans. C'est pendant un aussi long espace de temps, que la France sans commerce maritime, a fait la guerre et a déployé des forces qui auraient pu suffire pour soumettre toute la terre, si elles avaient été conduites avec discernement.

On trouve en France, comme autrefois en Grèce, des esprits ardens et propres à l'invention, sous un ciel qui les échauffe de ses plus beaux rayons ; des bras nerveux, sous un climat où le froid même excite au travail ; des provinces tempérées, entre le nord et le midi ; des ports de mer et des fleuves navigables ; de vastes plaines abondantes en grains; des coteaux chargés de pampres et de fruits de toutes les espèces ; des salines qu'on peut multiplier à son gré ; des prairies couvertes de che-

vaux; des montagnes où croissent les plus beaux
bois; partout une terre peuplée d'hommes labo-
rieux, les premières ressources pour la subsistance,
les matières communes des arts, et les superfluités
du luxe : en un mot, les soldats de Sparte, le
commerce d'Athènes et l'industrie de Corinthe.

Des Philosophes.

En France même, long-temps avant la révolution,
il y a eu des philosophes visionnaires et misan-
tropes, qui, jaloux du bonheur de leur patrie, ont
publié leurs réflexions sur l'art de gouverner les
peuples; n'ayant pas été placés dans le point de vue
d'où les objets sont bien distingués, il leur est
arrivé d'enfanter des systèmes bizarres, des para-
doxes singuliers, et des maximes d'une hardiesse
dangereuse; mais l'amour du bien public, qui était
le motif ou le prétexte de leurs écrits, leur a
souvent donné des vues dont les personnes chargées
de l'administration de l'état ont su profiter, surtout
pour la salubrité et pour les soins que l'on accorde
aux dernières classes de la société. Il est impossible
de ramener au vrai quelques-unes de leurs idées, et
de faire germer des projets que l'on a tenté à différentes époques pendant nos vingt-cinq ans de
crise, et dont on trouve les semences dans leurs
écrits.

D'autres ont établi un système de politique purement idéal; on y a remarqué des traits originaux, des mœurs inconnues, des lois agréablement imaginées, et une critique fine et délicate des usages aveuglément reçus; il en est résulté un amas d'idées dont le fonds a paru ingénieux et agréable : des ouvrages de cette nature ont tenu lieu de romans aux gens que des intrigues amoureuses n'ont pu divertir.

La plupart de ceux qui raisonnent mal prennent pour des idées claires et sûres, celles qui leur sont familières. Ils cherchent celles qui doivent leur servir de comparaison dans leurs opinions favorites, dans leurs préjugés, dans l'amour-propre, dans les préventions avantageuses où ils sont pour leur classe, pour leur état, pour leur ordre; souvent dans des engagemens pris qu'on ne distingue plus de la raison suprême; souvent dans leur haine qui empoisonne tout, ou dans leur amitié qui approuve ou excuse tout.

En général, les ignorans et les hommes qui ne se sont appliqués qu'à l'étude, ne sont pas propres à gouverner. Ces derniers s'ennuient dans les affaires, et les voulant traiter conformément à leurs idées, ils font beaucoup de mauvaises applications, parce qu'ils n'ont ni l'expérience ni ne connaissent le détail des affaires.

Dé la Liberté de la Presse.

La liberté de la presse peut devenir la source de la prospérité publique, comme la source de tous les maux qui boulversèrent le monde lorsqu'ils sortirent en foule de la boîte de Pandore. Ces maux peuvent être occasionnés par le défaut de connaissance sur le sujet que l'on discute, quoique parlant et écrivant avec beaucoup d'esprit.

L'esprit répand un charme séduisant sur les narrations et sur les principes qui entraînent ordinairement les hommes superficiels, qui composent toujours le plus grand nombre, par l'impossibilité de répandre également les lumières sur toutes les classes de la société. Ainsi, il sera toujours facile à des hommes adroits de surprendre la bonne foi du peuple, lorsqu'ils le jugeront nécessaire à leurs intérêts.

La liberté de la presse suppose un état presque composé que d'hommes qui ne veulent que sa prospérité, qui savent faire taire les affections privées devant l'intérêt général et le scandal public. Nous comparons cette liberté, lorsqu'on en fait un bon usage, à un instrument susceptible de beaucoup d'inconvéniens que la dextérité de l'ouvrier sait éviter. Avant de prononcer la liberté de la presse, il faudrait, pour le bonheur de la France, développer l'esprit national qui a été trop affaibli par les principes de l'égoïsme.

Le calme et une longue méditation sont nécessaires dans l'examen d'une question aussi importante que celle de la liberté de la presse, pour établir des lois qui en imposent aux hommes affectés de passions privées, qui veulent le malheur de leur patrie, dans l'espérance d'acquérir de la fortune. Alors la liberté de la presse, par les écrits des patriotes, pourrait être considérée comme une verge veillante pour ceux qui s'écarteraient des principes de la constitution, et qui dilapideraient les revenus de l'état.

On parle de la *statue de la liberté* : les Français ne sont pas des idolâtres. Ils désireraient savoir ce que c'est que la *liberté* dans un état civilisé. Ceux qui ont voulu la définir dans le temps de la république, n'ont fait que des applications qui font honte à l'esprit humain. Je trouve ce terme aussi vague que les mots : *clémence, élévation, couleur bleue.* Pourquoi vouloir s'agiter en forcené, comme une pythonisse du temple d'Apollon ?

Il n'y a point de mérite à braver les dangers (1)

_____

(1) Si même il pouvait y en avoir sous un Roi bon et indulgent.

lorsqu'on est emporté par la violence de la passion, qui rend semblable au soldat excité par la chaleur du combat, qui brave les coups de sabre qu'il ne voit pas venir.

La bonne morale, par la marche de l'instruction que l'on a fait prendre à la jeunesse, et par les désordres que les guerres continuelles et les révolutions ont entraînés, n'est pas aussi universellement répandue qu'elle devrait l'être. Il ne faudrait accorder à un corps débile que des alimens mesurés aux forces de sa digestion. Il faut mettre un frein à la malveillance, comme l'a très-bien dit M. Raynouard.

La torche horrible de la calomnie noircit toujours plus ou moins ceux qu'elle ne peut brûler. Si une inculpation inepte ou atroce excite l'indignation et le mépris des âmes honnêtes, elle émeut, elle séduit, elle entraîne les esprits faibles et méchans, toujours préparés à croire le mal. Ces esprits sont nombreux, nous l'avons déjà fait voir plus haut. Ainsi, un calomniateur hardi, infatigable ne perd jamais entièrement son temps et sa peine. Les femmes ignorantes, les imaginations ardentes et abusées applaudissent ordinairement au culte de la discorde : c'est un éblouissement sans doute, mais qui doit plus affliger que surprendre.

Tous les gouvernemens qui ont voulu assurer la tranquillité de l'état, ont rendu des ordonnances

contre les calomniateurs, même ceux des gouvernemens les plus portés par la nature de leur insti-
tution à l'indulgence.

« L'église les (les calomniateurs) abhorre telle-
ment qu'elle les a punis de même qu'un homicide
volontaire ; car elle a différé aux calomniateurs aussi-
bien qu'aux meurtriers, la communion jusqu'à la
mort, par les premier et second conciles d'Arles.
Le concile de Latran a jugé indignes de l'état
ecclésiastique ceux qui en ont été convaincus,
quoiqu'ils s'en fussent corrigés. Les papes ont
même menacé ceux qui avaient calomnié des
évêques, des prêtres ou des diacres, de ne leur
point donner la communion à la mort ; et les
auteurs d'un écrit diffamatoire, qui ne peuvent
prouver ce qu'ils ont avancé, sont condamnés par
le pape Adrien à être fouettés, *flagellentur* ».
(Voyez *la seizième lettre provinciale*).

FIN.

TABLE.

www.ingramcontent.com/pod-product-compliance
Lightning Source LLC
Chambersburg PA
CBHW051549280626
47162CB00021B/1644